真真
带着女儿的遗愿去旅行

纪慈恩 著

长江出版传媒 长江文艺出版社

真真

带着女儿的遗愿去旅行

/ Zhen Zhen

目录
CONTENTS

真真 / 带着女儿的遗愿去旅行 / Zhen Zhen

001   前　言

003   第一章　迪拜
跳伞：不辜负健康的心脏赐予的每一项权利

015   第二章　撒哈拉沙漠
撒哈拉，传说中天国离人间最近的地方

031   第三章　摩洛哥
蓝色的世界，治愈我不能理解的人生

047   第四章　埃及
古老的文明，回到世界的最初

063   第五章　土耳其
缤纷的世界，愿你谅解自己的命运

083   第六章　色达
信仰在你的慈悲里，不在任何神庙里

101   第七章　西藏
慈悲是我的选择，不是神的旨意

115 第八章　日本
露营：回到大自然里

129 第九章　尼泊尔
长途徒步：我将用徒步的精神，用力地活下去

145 第十章　不丹
一个神秘的国度

159 第十一章　印度尼西亚
不带行李的旅行：人需要的越少，便越自由

177 第十二章　新疆
广阔的边际，愿我们终将原谅世界

189 第十三章　可可西里
远离人烟之处，自然真正展现

201 第十四章　大理
我的第二故乡

219 第十五章　旅居
下一站：江南——我的又"七年"

231 附录　写给真真的诗

246 结尾　世界从未亏欠过我们

真真 — 带着女儿的遗愿去旅行 / Zhen Zhen

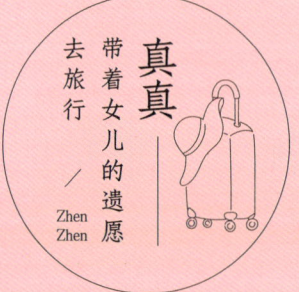

真真说过,如果不是因为她的生命有限,她不会这么在意岁月。

她在本子上扭扭歪歪地写了一些字:"请让我活到18岁"。

生与死只占人生的两天，而"当下"却是全部的人生。

真真的第一个遗愿顺利完成，我心中那失去她的痛苦似乎也减轻了一些。

我相信爱会让一切如愿以偿。

我最亲爱的真真，尽情地哭吧。

真真 / 带着女儿的遗愿去旅行
Zhen Zhen

前言

真真在 2016 年 11 月 28 日,天刚刚蒙蒙亮的时候停止了呼吸,我没有挽留,没有纠缠,向她鞠了一个躬,最后一次抱了抱她,轻轻地对她说:"以后要靠自己了。"说给她,也说给自己。

我没有撕心裂肺地哭。我们对生命足够努力,至此,对命运没有埋怨,对疾病没有怨恨,对彼此的相遇心怀敬畏。我想,生命走到这里,就让它到这里。我默默地流泪,是遗憾,遗憾以后的日子不再有她;是不舍,不舍得人间失去她。但没有对死亡的埋怨。

真真患有法鲁氏四联症,一种很严重的先天性心脏病,根据档案显示,她是在出生当天被亲生父母所遗弃,一直生活在福利院,在 9 岁之前,做过 5 次手术,处于稳定期,如果器官成熟的时候(一般是 16–20 岁)没有新的病变,就算是康复,她可以和正常人一样活很久,如果出现了病变,大概率就是致命的。

我和她相遇的时候，我21岁，她9岁。那时我是儿童福利院的志愿者。我们遇见的第一年里，她从不和我讲话，连打招呼都没有。后来她告诉我，她在"寻找"妈妈——8岁之前，她的人生是从一个福利院被送到另一个福利院，或者从福利院转到寄养家庭。这个福利院没有钱给她治病，就送到有基金会资助的另一家福利院；这另一家福利院又要合并到另一个城市的福利院，另一个城市的福利院不想管她，就把她送到寄养家庭……她也不知道那些福利院都在哪个城市，叫什么名字，她像一个物流包裹一样，被随便地送来送去，没有人问过她同不同意，就像你也不会问一件衣服喜不喜欢被你穿。在辗转中，她从来都没有放弃过寻找"妈妈"——当然不是她的亲生母亲，她一直在观察，观察福利院的老师、义工、来访者谁是"好人"（她所说的好人是永远爱她的"妈妈"）。她找了好多年，所以这也是她在认识我的第一年从不和我讲话的原因——她在看我，看我是不是为了某种目的做志愿者；看我对其他小孩，尤其是那些长相丑陋、身体残疾、重病难捱的孩子是否是真的爱。

一年以后，她大概有了一些结论，于是她开始靠近我，讨好我，和我在很短的时间建立了非常亲密的关系，她要和我回家。

她无所不用其极，逼迫——其实不是逼迫我，是逼迫院方来让我带她回家，她捣乱，砸窗户，破坏院长的车……相关部门没有办法，只能找我来谈如何解决。

当时的我,当然不具备收养的条件,于是最终以"寄养家庭"(寄养家庭不具备法律上的效力。为了让孤儿们走进社会,福利院会让身体条件优良的孩子进入寄养家庭,让他们认识真正健全的社会)的身份和真真生活在一起。

你问我,当时22岁的我,已经做好准备做一个妈妈了吗?

当然没有,任何时候,就算是我七八十岁了,你问我能不能承担得起一个患有严重先天性心脏病,只能活到20岁(当时医生说她的心脏不可能活过20岁),被遗弃,被一次次转送,背负着沉重身世的孩子的生命责任,我想,我都不敢说"我可以",可是我没有办法说"不",我说不出来"不,我不能带你回家"——如果我说了这句话,我就等于把这个孩子一生给毁了,她大概永远都不会再相信这个伤了她很多次的世界了。我没有办法成为一个刽子手,如果是这样,我之前作为一名志愿者所做的一切都毫无意义了。

我们就这样生活着,我出差的时候她就回福利院生活。她一直非常非常懂事,远远超出了这个年龄的孩子。而我呢,为了不给她本身就伤痕累累的人生增加创伤,我不断地面对自己的弱点,成为一个让我自己满意的母亲。

　　一直到 2015 年，真真 16 岁的时候，她心脏情况开始恶化。从这年她第一次被送去急诊的时候我就清晰地知道，那一天要来了！她从医院离开，离家出走，她觉得她儿时的任性让我背负了如此沉重的压力，她说，她不想拖累我。

　　找回她的时候，我什么都没有说，我只是说："是的，你永远都不出现了，我可能会没有了经济负担，但是我的心将永远得不到安宁。你觉得经济的压力和不得安宁，哪个对我才是灾难？"就这样，我们决定共同渡过难关，虽然我们心里可能都知道，渡过不了的概率可能更大。

　　在进手术室前，她说："妈妈，能给我的你已经全部都给了我；不能给我的，你也想办法给了我，所以无论手术成败，我们都不要怪自己，好吗？"

　　当然，手术失败了。但是我们都做到了"为生命尽过全力"，我们都比大多数人更努力。

　　手术原本需要进行 8—10 个小时，可是 2 小时后，手术室的灯就熄灭了——那一刻，我根据经验，心里非常清楚，她的生命要结束了。医生出来告诉我，如果插着管子还可以维持几天，如果不插，她现在就会走。

我说我是一个让自己满意的母亲，是因为我从来没有替她做过任何一个决定，我原原本本地把生命还给了她。那一刻，我竟然觉得我根本没有权利为她做选择，人生中最后的日子如何过下去，我怎么能够代替她决定？我问医生："她能说话吗？"医生说："她不能讲话，但我们做过简单的测试，她的意识是清楚的，她应该是可以听得到的。"

于是我进入ICU，我跪在地上，在她的耳边轻声说：

"真真，我相信你已经感觉到了，手术失败了。"

她点了点头。

我说："现在需要你做出人生最后一个选择，就是——你想要插着管子继续维持几天，还是现在就离开。当然，你还有第三个选择，就是由我来替你做选择。"

她没有做选择，而是拽了一下医生的衣服，我问："你是不是想和医生说？"她点点头。

她在本子上扭扭歪歪地写了一些字，"请让我活到18岁"——她曾经说过她只想活到18岁，活到18岁，妈妈对她的义务就算尽完了，其他的，就是命运。最后的最后，真真都在为妈妈着想，她希望死亡是命运的事，妈妈不要有任何的亏欠。

尽管我们都非常清楚，她活不到 18 岁（当时距离 1 月 1 日还有 40 天），但是还是做着努力。

那一天，我因为超过 60 个小时没有睡过觉而晕倒了，术后（11 月 23 日）到她去世（11 月 28 日），一共 5 天，在她走的前一天她已经可以说几个字，指标也上来了，我们都以为奇迹发生了，不是起死回生，是至少有机会可以活到 18 岁。

可是第二天的 6 点钟，太阳刚刚升起的时候，她停止了呼吸。旁人在私语着，昨天明明很好怎么一下子就不行了呢，我哥哥蹲下来拉着当时正在靠墙坐在地上的我说："她也许感觉到了妈妈太累了，她不想妈妈再为她操劳了，所以她自己选择了离开。"

就这样，我送走了我最爱的女儿。面对她的遗体，没有嘶吼，没有挽留，没有牵绊，我知道，她这一生太不容易了，她真的要去休息了，好好地让她没有牵挂地走，是我最后的母爱。

她走以后我失明了一个月，恢复之后，我就踏上了疗愈之路——我把她的骨灰放在一个项链里，去完成她生前写下的未完成的事。

在真真手术之前，我曾邀请她写过一份"遗愿清单"，她常常沉默，那时的我以为她在为死亡忧虑，直到带着她的骨灰完成她的愿望之后，我才隐约理解。

我用了五年的时间，完成真真的遗愿清单——我希望用这样的方式，向天国的真真传达，在没有你的日子里，妈妈一直很努力很努力地好好活着。

至此，我完成了她所有的愿望，只有最后一条——做一些对社会有意义的事。

真真的全名为"党真真"，意为"党的孩子"，她的梦想是做一名心血管科的医生，她说，她一定比大多数医生都理解心血管障碍的病人。直至去世，她都非常遗憾自己不曾为这个世界做过些什么，她始终觉得自己是我的负担，是政府的负担，却没有机会回报养育她长大的人。

这最后一条遗愿清单一直是我的"心结"，在她活着的时候，我虽然一直说"你不是负担，你的人生充满了意义"，但也始终没有把她说服。于是我写了这本书，愿真真用全部的热爱效忠于自己生命的成长这件事，可以鼓励到同样身患先天疾病的孩子，也让正在陪伴重症儿童的父母有一些力量，不知道这样算不算是"为社会做一些有意义的事"，算不算完成了她遗愿清单最后一条。

五年后的今天，当我有力量面对她的离去，当我把她的遗愿清单全部都完成了的时候，我将完成她最后一个心愿。

这是一本游记，

也是一个女孩的一生，

和一个母亲的重生。

你或许会流泪，但我希望泪水给你带来的是力量，是一个弃婴的力量，也是一个单亲妈妈的力量，或许这样，真真在天有灵，会不再遗憾没有活到 18 岁，会放下对妈妈的牵挂。

我不断地面对自己的弱点,

成为一个让我自己满意的母亲。

真真
带着女儿的遗愿
去旅行
/
Zhen Zhen

第一章　迪拜

DI BAI

生死是小事,

活在当下才是大事,

生与死只占人生的两天,

而"当下"却是全部的人生。

——纪慈恩

跳伞：不辜负健康的心脏赐予的每一项权利

01

迪拜，是我的第一站，2017 年 4 月，在真真去世 6 个月之后。

在真真 15 岁的时候，有一天，她问我："妈妈，你的清单里有跳伞吗？"

我说："没有诶。"

可能很多人的遗愿清单都有"跳伞"这一条，可我的没有。在真真问我之前，我认为大多数人的跳伞愿望是为了证明自己的勇气，可是我不需要，我不需要用这样的事情来证明自己的勇气和对生命的态度，我已经足够有勇气。

真真失望地说："好可惜。"

"为什么？"我问。

"如果我有一颗健康的心脏，我一定一定不辜负上苍给我的每一个权利。"她坚定地说，像一个战士一样坚定。

从那天起，我的遗愿清单就有了一条——去迪拜跳伞，虽然我并没有告诉她。

改变我主意的就是她的那句——不辜负上苍给我的每一个权利。

真真去世后的北非疗愈之行，我去了迪拜，这里有世界上跳伞最美的地方，棕榈岛。

迪拜的跳伞俱乐部需要提前一个月预订并交付订金，所以恐惧也是从一个月前开始的——因为跳伞是第一站，我对这趟旅行毫无期待，恐惧占据了我所有的思绪。

从上海出发坐了 10 个小时的飞机到了阿布扎比，坐汽车就可以到达棕榈岛，跳伞的时间是下午 2 点，一上午便在迪拜闲逛——而我出于恐惧，对这个土豪国完全没有兴趣探究。

02

为了平复心情，中午吃饭的时候，我拿出真真的骨灰项链。在迪拜大街上一个很小的街边餐馆里，我想，如果在她去到的那个世界，她有一个妈妈，有一颗健康的心脏，她也来到这里，执行她的权利，那我们有没有可能在这样的轮回中相见——她说过，如果治好了病,她第一件事就是来迪拜跳伞,她要把她 17 年的小心翼翼都还回去。

真真初三的时候,大概是因为那一年住院的频率有点高,她很悲观。她说,小时候,福利院的老师总是和她说,"等你病好以后,你就可以和他们(指其他小朋友)一样出去玩了""等你病好以后,拆了导流管你就可以坐飞机了""等你病好以后你就可以去西藏了""等你病好以后……"她一直等啊等,等啊等,等过了童年,又等过了少年,等到小时候的朋友都离开福利院,有了自己的爸爸妈妈,等到了老院长已经退休,等到和她讲这些的老师辞职去了更赚钱的公司,她都没有等到"病好以后"。现在,她已经不等了,她知道根本没有那么一天。

在迪拜街头的餐馆,我不由得泪如雨下。好似也不是因为失去的痛苦,是——上苍,你到底是如何在算计着人的宿命?她这样一个好孩子,怎么就不能还她一个最平凡的人生呢?

转瞬,也明白,或许就是因为是这样的宿命,真真她才那么那么地在意生命的一朝一夕,在意一厘一毫的微小权利。如果她是一个健康的小孩,大抵也沉浸在成绩好不好,父母的期盼,同学之间的争吵等烦恼中吧,哪个更好呢?

没有更好吧，你走上了一条路，就只能骗自己说，这条路也还不错。

03

车子快要接近俱乐部的时候，就看见天空有很多降落伞落下，看着飞行者满意、享受、喜悦的样子，我的恐惧减少了一些——他们的面容没有表达"恐惧"，跳伞的体验也大抵与我想象的不同吧。

你看，人是不是活得很滑稽，光凭想象就能够虚构一个世界，遗憾的是，我们对恐惧、不幸、痛苦的想象远大于我们对于美好、未知、宇宙以外的世界的想象。

到了俱乐部交完全款开始签"生死协议"——这份协议大致内容就是出现任何情况，包括天气原因、设备故障都是你来承担责任，俱乐部不承担任何责任。

那个时候感觉恐惧已经到嗓子眼，马上就可以跳出来。

我还是签了，带着一种侥幸："这么低概率的事如果能被我碰上，彩票早就中了。"

大约要等待1个小时，我在等待厅看跳伞的录像，越看越害怕。直到教练来跟我讲注意事项、跳伞动作和求助方式等。之后我和教练的绳索被紧紧紧紧紧紧地绑在一起，紧到我根本不觉得我后面有一个人，最后用一张卡片插入我们的缝隙中，如果插不进去就可以了,这一刻,我的恐惧又大大被降低了。

我也突然明白人类对于死亡的恐惧。我们为什么怕死?

后来,我常常问我的学生,如果我告诉你,你们俩可以一起死,不管那个人你认识不认识,你会怎么想?他们都表示如果两个人可以一起死,那死亡真的是没有那么可怕了。

所以我们害怕的是什么呢?是害怕"一个人"这件事。在现代社会里,充斥着人际关系、沟通方式,你有任何困惑,都能找到人来帮助你、陪伴你,所以我们没有机会体会一个人,所以我们害怕我们从未经历过的事:一个人,以及死亡。

如果我们可以学着掌握"一个人"的力量,大概对于死亡的恐惧也会大大降低。

04

我们坐上了一架只能容纳七八个人的小飞机飞向高空,一个像是采访者的人一直在和大家唠嗑,问你来自哪里啊,害不害怕啊,那时觉得俱乐部好专业,还有心理辅导,其实他就是分散你注意力的,趁你不注意的瞬间把你给踢下飞机去——是的,和电视里演的不一样,没有让你站好,张开双臂,说一二三我们准备跳了……完全没有。我还记得正聊到一半时,我在想回答用的单词,就是这时被丢下了飞机。

后来别人问我，跳伞的恐惧是从什么时候消失的？

答案是：从跳伞这个行为发生的时候开始，恐惧没有了。即离开飞机的那一刻。所有的恐惧都是在这个行为发生之前。

很奇怪吧？的确是这样，所有的恐惧都是没有发生时存在的，发生了，反而没有恐惧。

在跳之前，我以为至少会有失衡感，然而，连这个都没有。因为在搭配跳伞者和教练的时候是根据体重来的，如果你很胖，就会找一个稍微瘦一点的教练，如果你很瘦，就会找一个相对胖一点的教练，让你们的体重达到平衡，所以跳（被推）下去的时候并没有失衡的眩晕感。

后来我看视频才知道刚跳下飞机的时候是没有降落伞的，但当时我并不知道，俱乐部的解读也没有说到过这个部分，我一直以为从头到尾都是有伞的，如果我提前知道了，恐怕又会增加恐惧。

当离开飞机十秒左右后就会有一个小伞出来协调你的平衡，让你的身体处于安全、平稳的状态，到达安全高度的时候会有一个大伞，也就是最后降落的伞。当大伞出来的时候就是完全的、极致的、你无法在其他任何一种事物中感受到的前所未有的享受：美丽的棕榈岛，远处的七星级的帆船酒店，身后教练带着口音介绍迪拜这个国家……

在最极致的飞行中，在我的恐惧已完全消失，在我的身体已达到平衡，进入最享受的部分时，我哭了。当然没有人知道，泪水随着风瞬间消失。也好，没有人见证我与真真的隔空对话，那成为我们永远的秘密，埋藏在内心深处无法与外人道的只适合独自收藏的故事。

05

落地之后，收拾降落伞的工作人员问我是什么感觉，我的第一句话居然是："妈的，白焦虑了。"

他前仰后翻地乐，说第一次听到这样的感受。

我是一个很现实的人，我想让每一份痛苦、焦虑、不安都有它的意义。如果跳伞真的很恐怖，我会觉得我一个多月来的恐惧和焦虑是值得的。然而事实是我一丝一毫的后怕都没有，甚至觉得跳伞不能被称为极限运动。因为它什么都不用你干——潜水，你需要用嘴巴呼吸，要懂得换气和耳鸣处理方法；蹦极，你要一个人去，要自己跳下去，有失衡的眩晕感……跳伞，什么都不用你做，伞，是教练拉，跳都是别人推你的，你最多就是害怕害怕。

那一天，我感慨良多。人类的想象更多的时候是一种禁锢。我们为世界加诸想象、标签，甚至是定义，然而事实真相却与之相去甚远。我们根本没有机会求证，就被扼杀在自己想象的痛苦中不敢前行了。

而我们所说的痛苦呢？有多少是真的，有多少是想象出来的？我现在觉得真实的痛苦是少之又少的，是我们的思绪让我们深陷泥潭。

06

真真的第一个遗愿顺利完成，我心中那失去她的痛苦似乎也减轻了一些，我并无兴趣去追究痛苦的原因、过程和结论，我直至今日也不敢十分肯定，完成心愿是否就是治愈痛苦的最有效的方式，但至少是方式之一吧。

从俱乐部走出来的那条乡间小路，有田野，有鸟儿飞翔的声音，也有不停地落下的降落伞，和人们的欢呼声——这些存在似乎与那时的我并无关联，我仿佛也不是我。这一路，都好像是真真在借用我的心脏理解她的人生，那一刻，我就是她，我真的感受到了，她对飞翔，对自由，对无限制，对上苍赐予的权利的那份至死都迷恋的渴望，而我，又怎能放手？

学生总爱问我，是什么让我可以如此潇洒地活着。

是你不知道，真真所说的那种权利是多么宝贵。之前我也不知道，而在她走后，在跳伞结束之后，我真真切切感受到了那种珍贵。不，我不能，我不能放弃，我要紧紧抓住我的所有的权利，不然，老天就会收回。

写给真真

你离开的第 134 天，我完成了你清单里的第一个遗愿——跳伞，我也终究明白了你对生命的那份彻底的、纯粹的、无所畏惧的信仰，我突然没有了遗憾。失去你，它将是我心中永远的痛，但是，如果我不曾亏欠过我的生命，我也就不曾真的失去你。

天国的你，还好吗？你是否已经开始新的生命，有了新的妈妈，有一颗健康的心脏，不用天天吃药、住院、遥望远方？你可以拥有此生你没有机会享受的人生，如果是这样，我并不介意永不相见。

没有人见证我与真真的隔空对话，那成为我们永远的秘密。

真真

带着女儿的遗愿去旅行

Zhen Zhen

第二章 撒哈拉沙漠

SA HA LA SHA MO

我不相信忏悔的力量，我相信改变的力量；

我不相信"等以后"，我只相信当下；

我不相信天降神器改变了人类，我只相信平凡的累积；

我不相信更换器官可以治愈疾病，我只相信好好经营每一个当下可以与疾病握手言和；

我不相信美好的世界是毫无瑕疵，我只相信因为我参与改变这个世界，世界在我眼里才美好。

我还相信很多，

我还相信爱会让一切如愿以偿，

直到我们知道什么是爱的时候。

——纪慈恩

撒哈拉，传说中天国离人间最近的地方

第一次知道撒哈拉沙漠，是在地理书里，上面说，撒哈拉是世界上最大的沙漠。年少的我，不能完全理解"最大"意味着什么，因为那时，世界对我来说很小，学校、成绩、考学、父母、老师、大学，似乎就是全部的世界。那时的我就开始失望，如果人生就是这样，生命的珍贵从何说起，那么努力地追寻所谓的未来，其意义又是什么？

再长大一点，我开始热爱阅读，读到三毛，撒哈拉在我心里又清晰而真实了。那个时代的女生，似乎每个人心里都住着一个三毛，渴望自由，向往远方，不受束缚，爱自己所爱，做自己所想，拥有属于那个时代的灵魂。可是渐渐地，这样的她们消失不见了，她们开始追逐安定、安逸、安全，"爱"也被加上了很多的筹码，爱需要有结果才能开始，爱是为了得到更多，爱一个人是因为有更多的"好处"，做一件事因为它可以给我带来利益……花费大量的时间和

精力去衡量利弊。珍贵的生命和活生生的生活变成了公式。

真真有一次看一本书，书里写"撒哈拉是天国与人间最近的一条管道"，她读到这里，突然说，"妈，如果我以后死了，你就去撒哈拉和我说话。"

那时候她应该十二三岁，当时我回复她的是："看完这一章就赶紧写作业去啊。"想想那时的自己，应该是没有能力去承接这个话题吧，一心希望科技的发达会改变医生的判定。

现在看来，那个年龄的她就应该常常思考死亡吧。或许她从知道自己有心脏病、知道因这个病会死的时候开始，就从未停止过想象死亡来的那一刻，只是为了不让我难过，她从未提及。

别人都说，我是最了解真真的人，其实直到她走后，我带着她的骨灰周游世界的时候，我才渐渐地明白一些什么。

她内心的苦极少有人能懂得，她也无法说给别人听，连我也不知道，不知道一个孩子被迫在童年的时候就要思考死亡是怎样的心情，不知道她是否也深深地怨恨过这个世界，不知道在她内心埋藏过多少无法与外人道的秘密。

01

迪拜跳伞结束，从阿布扎比继续飞行至摩洛哥的菲斯，菲斯是最方便去撒哈拉的城市。

到菲斯后坐了一整天的车，到达距离撒哈拉沙漠最近的酒店，计划第二天早晨再骑骆驼进入撒哈拉沙漠。

这家酒店是所有进入撒哈拉的旅者的落脚点，所有来这里入住的人都是要前往撒哈拉的人。我坐在酒店大堂点了一杯咖啡，看着人流来往，也"窥视"着很多旅者，听着很多种的听不懂的语言。来自不同国家的人，都有共同的梦，旅人们聊天的内容无非就两个，"你来自哪里""为什么想要来撒哈拉"，不知道是否有人和我一样，来到世界上这片最大的沙漠是为了寻找天国的通道，为了治愈。

第二天一早，开车大约十分钟前往撒哈拉的边缘，从很远处看到很多骆驼，就知道前方是撒哈拉了。

站在撒哈拉沙漠中，我怔怔地望着它很久。真真常常说她是我的负担，但踏入撒哈拉时，我突然明白世界上没有一种关系只有一种属性，若不是真真，我不会来到撒哈拉，那它在我的世界中就永远是一个传说，一个地理书里宏伟的描述，我在我平凡的生活里继续前行，或许也很好，可是这种"好"总是少了一些生命的样子。真真，是的，你的存在的确让我失去过很多"正常"的人生，可是也是因为这样，我在平凡的生命中有机会略知世界的真相。我给你的不过是一个普通的母亲可以给予的，而你给我的却是我遇到的整个世界都不能够给予我的。

只可惜，在真真活着的时候，我没有领悟到这些，没有机会告诉她，她的意义。

02

我骑着骆驼进入撒哈拉深处，慢慢失去信号，失去与现实生活的连接。

骆驼很温顺，起降、暂停、加速，都完全在骆驼客（牵骆驼的人）的掌控之中。我听到有人说，"它很通人性，让它干吗就干吗"，我却觉得很悲哀。它们毫无生命力，我并没有看到它们的"通人性"，只看到被人驯化的产物。对于人类来说，它是一个"商品"，就像泰国用来拍照的大象。从没有一处的动物因为容易被人类管控而让我有欣喜感。的确，人类需要它，它需要生存，但我仍愿人类能找到一种方式让它活成本来的样子，也依然能共存。

大约骑了 1.5 个小时，骆驼带我们进入撒哈拉深处。一眼望不到边际的沙漠，骆驼的脚印和粪便，骆驼客与骆驼沟通的"语言"，旅者的感叹声，偶尔传来的遥远的歌声，这些便是撒哈拉的全部了。没有植物，没有其他生灵，没有房子，没有任何的现代化设施，一切我们传统生活里的物质都没有，却是我想驻足的地方。我从未见到过一种世界，只有它与生俱来的样子，没有人类的痕迹，不曾牺牲过大自然，也不曾为了人类而创造什么。我自知在那里无法生存，却很想看看那样的世界是否存在，是怎样的。

到达营地的时候已经中午了，撒哈拉沙漠里唯一的住宿方式就是帐篷，非常简易的设备，只有最基本的生活设施。撒哈拉无法生火做饭，住宿的帐篷也是数量有限的，所有的食物、水都是从外面运进来的，也因此保护好了这片净土。多少年来，虽然有很多旅者到来，但是它基本上还是原来的样子——或许也仅仅是我们认为的原本的样子，而原本究竟是什么样子，只有经历者才知道吧。

03

午餐过后，我光着脚踩在沙漠里，脖子上戴着装有真真骨灰的项链，手里拎着鞋子，渴望在这片土地上寻找到那条管道。呵呵，我虽然深知那不过是文学作品里的说法，是作者为了给活着的人一丝念想而创造出来的，但仍然渴望找寻到它。无关真相，不过是给自己一个怀念的管道。

在真真手术前的那个晚上——那应该算是我最后一次看着她入睡。已经快凌晨 1 点了，她很困，但不舍得睡，她知道，我们都知道，第二天的太阳升起时，我们就要面对一个结果。

那天晚上，她问我："如果我死了，你会怎么样？"

现在回想，从她病发开始的每一天，她都在担心妈妈该怎么办——怎么面对她的病，如何面对她的死亡，以及以后的生活。

后来，我每当想到这里的时候，都是心痛的。一个17岁的孩子，要被迫去想这样的问题，是不是过于残忍。

我对她说："我会哭，可是哭是为了有力量好好地生活。我知道，只有好好生活，你才能在另一个世界安息，重新开始生活。"

"我不怕死，我只是不想和你分开，有血缘关系的人，下一生还有机会相见，而我们……要怎样，才能相遇？"印象中，这是那天晚上她最后说的话，说过之后，她就慢慢睡着了。

选择来到撒哈拉完成真真的心愿，不只是因为她想来到撒哈拉，更是为了放下她对妈妈的牵挂。

我走了很远很远的路，走进了很深很深的沙漠里，回头看着我们的帐篷越来越远，却不害怕找不到，也不担心迷失方向。很久之前，我就想过寻找海的尽头，我知道大海一望无际，也知道它其实是有边际的，但我从未见到过大海的开头和结尾，也不知道撒哈拉的尽头是不是真的有那条管道。

如果生命注定短暂，那就用更缤纷的色彩去填充这幅画。

旅行的路上，我喜欢去探究在这里生活的人，像是我没有过去，不曾经历过什么，没有文化的束缚。同为人类，我们活得如此不同，却都可以安于当下。那么一个人的想法、价值观、生活方式，对于世界而言，只是一种选择，无关正误。

在撒哈拉里，走累了，我就坐在地上看着星空，大部分的白天，撒哈拉都是灰色的，可是到了夜晚，星星好似抓得到一样。没有路灯的撒哈拉居然可以那么明亮，无须手电照亮，你看得到一切。后来我终究明白了，治愈我的，从不是远方，是世界。你在所生活的城市里，因为太熟悉了，很难跳出去理解世界；而远方，也并非有什么魔力，它不过埋藏着真相——每个地方都埋藏着关于世界的真相，只不过有些地方更有机会让它醒来。是的，我从不觉得真相在哪个庙堂、神殿或世界的尽头，它是在我们心里沉睡，只能由自己将它唤醒，而在远方，比在我们生活的地方更容易唤醒。其实，不是远方的力量，是"我"的力量。

04

"不知道跳动的脆弱的心脏什么时候会永远地沉睡，我和别人不同，我的人生必须要有更多的内容和色彩，才能让它看上去更有意义，因为它没有更久的时间。所以我想去摩洛哥的蓝色小镇，如果生命注定短暂，那就用更缤纷的色彩去填充这幅画；我也非常向往撒哈拉大沙漠，一望无际的天边可能会让我觉得天和地合为一体，天堂与人间并没有那么远，在那里，妈妈就可以感受到我其实一直都在。"

在真真去世后，她的班主任拿来她的作文本，她大概想把真真的所有所有都还给我。

这段话就是她作文里的。

究竟是从什么时候起，她开始常常思考自己的心脏会停跳这件事？我无数次地回忆我们的生活片段，也没有找到丝毫的"证据"。

天黑之后，走出帐篷，和一群同样为撒哈拉着迷的旅者来到撒哈拉的中部这里，没有帐篷，没有声音，没有灯光，有的只有天上的星星和我们手中的酒。我们在黑暗中，在这片土地上，只与星星做伴，随便聊点什么。

小的时候，喜欢和小朋友坐在院子里，数星星，我们会说，"这颗是我的，那颗是你的"，虽然我们都不知道自己说的是哪颗，但是，那就是一个小孩全部的世界。在相当长一段时间里，我觉得我迷失了，我不再关注星星，不再对大自然的赐予感到不可思议，盘旋在我生活里的，只有利与弊，付出与回报，评判与对比，渴望不劳而获，希望寻找捷径……幸运的是，敏锐的我，很快察觉到这个可怕的变化，我又退回到自我的世界里，花了很长的时间去追问：你要不要和所有人一样过一种看似安全但你也不知道为什么而过的生活？你要不要只要前途不要未来，只求得到更多而不知得到又能怎样？最后，我选择回到心灵的世界里，扔掉世俗的贪恋，开始认认真真地看星空，不是为了索取；我开始爱一个陌生人，不问是否可以得到等同的爱；我开始关心我自己是否足够美好，不去关心别人是否对我满意。

我回到了我原本的心灵世界，我对自己很满意，我配得上这片纯净的星空。

在去撒哈拉的路上，我和一个同行的男生聊天，他说他计划再在大城市打拼五年，五年后，他想在墨尔本定居。而那时的我，向外人隐瞒着我来到撒哈拉的事，我说，我不计划未来，发生什么就经历什么。

现在，真的五年了，不知道他是否记得自己的愿望，愿望是否有改变。愿你不管愿望的内容是什么，都对当下的自己感到满意。

但我知道，我从未改变，从我第一次被世界伤及之时，我就不曾有过什么愿望，遇到什么就面对什么，发生了什么，就好好经历什么。我没有过人之处，我没有过高的天赋，我甚至比大多数人更卑微，因为我深刻地，刺痛地，绝望地和这个世界对峙过，我早已看穿，作为世界的孩子，我没有权利谈判，我只能感受，所以我才是卑微的。纵使耗尽我的全部，我也不可能理解到世界的一个边角，无论我得出了什么结论，都是人的层面，对于世界来说，还差得很远，我只能是经历者。我爱过少年爱过黑夜里的无声，我爱过瓦尤部落质朴的农耕爱过细碎的光阴，我爱过沉迷的人，爱过后清醒独立没有痕迹。我没有最爱的，也不曾非什么不可，不过分，不迷恋，不贪婪永恒，不偏不倚。这是我的世界。

05

撒哈拉的日出与日落极为相似，当时的我之所以迷恋这片沙漠，便是倾心于它的宁静与亘古，一天里，只有岁月流淌的痕迹，不曾有早晨、午后、傍晚不同的内容，它就这样静静地存在。

或许也正是因为如此，从未有人真正了解过它。这里的气候环境使得无人长居于此，纵使是骆驼客、帐篷主人、送餐者，其实也尽是撒哈拉的"租客"。我们都短暂地停留，它真实的样子，或许永远是秘密，也正是因为这一秘密，它才让我们着迷和怀念。

告别撒哈拉的那天，我起得很早，想最后再感受一次撒哈拉带给我的体验。在这里，我有了从未有过的心灵体悟——失去与死亡自然是充满悲凉与哀伤，可，这就是生命，无论如何，你总是要知道这个世界发生过什么，那是与快乐、安逸、美好不同的。

在撒哈拉数日，我已不再寻找所谓的通向天国的管道。我知道，管道自在每个人的心中，伤痕也是无可避免的，不曾经历死亡的人，也正在经历着其他，是悲伤也好，快乐也罢，是失去的痛感，抑或是希望的失落，都必将经历。未来的人生，我们也必将经历新的主题。哪个更好呢？都差不多。我们都对不曾经历过的事情心存幻想，而真正经历之时，又都没有那么满意。

至今，我已经送走一百多个临终者，没有一次是圆满、没有遗憾的，没有一次是快乐的，却也没有永久的痛苦。

真真走后的五年，我仍旧不愿意失去，可我仍旧尊重失去。她若活着，那颗破碎的心脏将伴随她沉重的身体，自然也是我于心不忍的。而失去，虽然是痛的，但是或许现在的她已经开始了新的生活，有一个爱她的妈妈，有一颗健康的心脏，倒也是我所希望的。

当你理解了更多的世界，也就能够理解在你身上所发生的伤痛都只是世界运行之中自然发生的事，世界并不会帮任何人治愈伤痛，而"伤痛"归根结底也不过是在宇宙之下，我们还无法理解的世界。我尊重自己的懦弱，也接受世界有它的规则，我负责理解世界，世界负责它的继续运行。

写给真真

我亲爱的女儿，我悄悄地把你的骨灰的一部分撒在了撒哈拉的沙漠里，没有人会发现它，我也不会再次找到它，它悄无声息地在世界上存在着，我们却不会再知晓它的去处。但我们心里知道，在隔着天与地的世界里，我们都好好地敬畏过生命，尊重过命运，理解过世界。

我将你写进书里，它会流向世界的各个角落，不知道哪句话，哪个远方，哪个碎片就击中了正在看书的人，而那份击中，就是你和这个世界的关系。不必害怕失去与妈妈的连接，也不必牵挂，去开始你本应该继续走的道路。世界太大，人类太渺小，我们都没有力量主宰什么，我们能做的只有一件事：好好地，好好地，经历此刻正在发生的一切，不必太介意它的意义。

失去与死亡自然是充满悲凉与哀伤，可，这就是生命。

真真

带着女儿的遗愿去旅行

Zhen Zhen

第三章

摩洛哥

MO LUO GE

我们都是世界的孩子。

你永远不要试图成为自然的统治者,当你有这样的想法时,灾难就来临了。

有信仰的人通过"肯定"的方式来认识这个世界,没有信仰的人通过"否定"来认识这个世界,我们都不愿承认其实我们都不明白这个世界。

我承认,我只是一个经历者,我不向任何人提供任何真相,我只分享我的经历和感受,除此之外,我什么都不知道。

承认我不知道,大抵算是我对世界的回答。

——纪慈恩

蓝色的世界，治愈我不能理解的人生

第一次知道摩洛哥是在真真的遗愿清单里。在她的遗愿清单里看到一条"去看看缤纷的世界"，括号里写着摩洛哥和土耳其，我才搜索了摩洛哥这个较为陌生的国家。我不知道原来非洲还有这么美丽的地方，我也不知道是从什么时候起，真真对于远方有那么多的了解，不知道"缤纷"对她又意味着什么。

摩洛哥很美丽，它色彩缤纷，缤纷得像童话。一直觉得一个国家需要富裕才能富足，有了足够的经济基础，才能谈幸福感。但在摩洛哥的时候，我在想，他们是以一种怎样的心态把房子建得五颜六色，卖花生的先生在装花生的过程中还要问你叫什么名字，榨一杯橙汁硬是像调一杯鸡尾酒一样地在舞蹈……

当地的经济并不富裕，人民仍然处于对生存安定的渴望中，那他们是如何建立自己的幸福感的？这是我到达摩洛哥的第一个疑问。

我想，这便是旅行的意义，它可以让你看到，这个世界的很多人都与你不同，但并没有影响他们活得幸福，寻找他们认为有意义的人生。

是的，不同，是我这一站最大的感受。

人人都在追求幸福，你管他是不是和你走了一样的路，只要到了就好，所以，也就没有资格坚持自己所认为的真相是唯一正确的真相。

这些年里，真真的班主任吴老师常常来看我，她在真真高一的时候曾经鼓励过真真学画画，真真当时给她的回复是："是因为我的人生太昏暗了吗？"

当时吴老师望着这个女孩，呆呆地不知该如何回答她。

我听到之后也是的，后来很多人和我说不必坚强，可是不坚强怎么办呢？事情就是这样发生的，人生就是这样的宿命，不坚强就只能死。当你还可以选择坚强或不坚强的时候，大抵是幸运的。人生就是有某些时刻，是你没办法选择的，如果想活着，你只有一条路，就是坚强下去。

我想，这大概是她向往色彩缤纷的世界的原因吧。一个孩子生来第一件事不是学习说话，是学习让心脏不停止跳动；她人生第一次遇到的难题不是升学考试,是先补左心室的洞还是右心室的洞;一个孩子童年所要面对的不是应该按照自己的意愿活还是让父母满意,而是委屈的时候是现在哭还是一会儿更温和的老师交班以后再哭。

在福利院,每个人都是来工作的,纵使有些人更有情感和情怀,可它终究是一份工作。老师常常和孩子们说,"先吃饭,吃完饭再哭",其实潜台词是,"我要下班了,你不要耽误我下班"(当时的制度是阿姨等所有孩子吃完饭就可以下班)。时间久了,真真明白了,你长得可爱,也不如下班重要。久而久之,他们学会了"适者生存"。很多文章里说,福利院的小孩都是"讨好型人格",可是,不这样要怎么办呢?如果有选择,谁愿意成为讨好型的人,不过是为了生存罢了。所以,我从未说过,"你不该",我知道,是她不会。她的童年、她的成长环境没有给过她培养这样能力的条件,她就是不会,那就慢慢学会。只是当年天真的我,也没有意料到时间的危机,我并不知道,真真并没有那么多漫长的岁月,去慢慢地学会,慢慢地释放自己的委屈。她太早迎来了死亡。

我没有经历过她的童年,我也无法懂得她的伤痕,我用爱救赎了她对世界的失望,却救赎不了她在童年理解的世界。

这是我的遗憾，我没有在她活着的时候感受到她破碎的童年。但我不执着于这份遗憾，带着她的骨灰来到缤纷的世界。不知道她是否感受得到，至少这是我为她缤纷的世界所做的努力。

01

马拉喀什，一个看上去年老的小城，有人说它破旧，有人说它古老。要我说，当你走进它的心脏，会看到它既不是破旧，也不是古老，你看得到它的沧桑，也看得到它的朝气。

我在小街里走了一圈又一圈，满大街的华为和OPPO，不禁感慨祖国的强大。当地人民生活朴实，他也许不如你时尚，此地也不如你的城市繁华，可是他活得快乐。他可以因为调戏路边的鸭子而开怀大笑，可以因为你戴上象征着他们民族的头巾而喜悦。我也问过自己，我会不会为这些简单、平凡、纯粹的快乐而大笑。然后自嘲地摇摇头。年纪越大越值得炫耀的东西或许就是这份快乐，如果可以因为平凡简单的事情而快乐，那才是最大的成长，而我们的快乐要付出太大的成本。

很多人与你不同，但是并不妨碍他们过他们认为有意义的人生，所以不必觉得骄傲，这是我在摩洛哥感受到的最有价值的事。无关美景，无关历史，无关一切，只与我自己内心的联结有关，这便是旅行最美妙的地方，美丽留也留不住，但是改变就在那一刻发生。

旅行的意义如果仅仅是逃离现在压抑的生活出去透透气，我会觉得旅行变得有些廉价，失去了它该有的尊严。旅行的意义对我来说并不是"遇见更好的自己"，努力地活出生命感是为了避免糟糕的自己，以及没有机会否定和厌恶自己。趁一切还来得及，好好体验活在这个身体里、活在这样的心灵里的质感。就这样春复一春，年复一年，逐渐养成了自己的心智，不再把别人当成大海动荡时渴望抓牢的那块礁石。

走多远的路，都无非是你与这个世界的关系的探索和实现。

马拉喀什有很多古旧的商品，从那些物品中看得到一个国家厚重的历史，一个民族所信仰的尽在生活里彰显。马拉喀什最多的就是马车，这种我只在电视剧里和景区的体验项目里见到的东西是这个城市的主要交通工具，马拉喀什的马与撒哈拉的骆驼截然不同，马车夫与马更像是合作伙伴。

街道的商店里有很多金光闪闪的灯具，金色的金属在灯光的照耀下，充满了浓浓的艺术感，艺术在马拉喀什的商圈里不再是一种遥远的歌颂。

在路上，听到很多中国游客对马拉喀什的评价，"这里好脏，差中国远了去了""这儿的海不如泰国""对面是西班牙,也没有学习人家的科技"……

满满的评判。

如果旅行是为了寻找没有瑕疵的、世界上最美丽的那个地方,我想,任何一个地方都会让人失望吧。

人家就在这里,无论你来或者不来,它都是这个样子的,这里的人依旧过着这样的生活,你走了,他们也依旧过着这样的生活。我们的评判,看上去是给别人贴上了标签,其实标签贴在了自己的心里。

我想,把生命活成一个个鲜活的样子,不是寻求"最好"与"最正确",我相信,聪明的人类一定可以创造出像奢侈品店里那个最闪耀的橱窗里的完美的商品,我们也一定有办法做出没有瑕疵、超越想象的科技产品,只要足够努力,我们都可以征服考试题,万无一失……它们很好,可就是缺少生命本来的样子,我愿终此一生去见见世界本来的样子,不通过人为和科技这个"中介"来认识世界。我要求自己在旅行中放下对比,放下已知,就像一个婴儿第一天来到这个世界一样,带着好奇与观赏的心态去看看自己生活的世界以外的世界,不喜欢是我的感受,但我尊重世界有它的规则。

02

漫长的车程去菲斯，菲斯是一个迷宫，自信的人类曾想要征服它，可惜谷歌导航团队来到这里也没弄明白这样一座小巧却藏着 9000 条小道的城市。

这里的街道密密麻麻，每条路都可以走出去，但每次都走不回同一条路上。每一条街道都暗藏着历史要告诉后人的样子。喜欢极了这里，每个民宿的墙壁都有着缤纷的色彩，那种色彩又与五颜六色不同，它仿佛是刻在墙上的有生命感的壁画，它们好像自己会生长。

菲斯的街道到处是金光闪闪的灯，阿拉伯式的迷幻，深色皮肤的伯伯尔人，制造着各种香料、摩洛哥特有的精油、满墙的摩洛哥尖头鞋。攻略上说马拉喀什很赞，菲斯很一般，我却偏爱菲斯，不禁想，怎么会有攻略这么奇怪的东西？怎么会有人要定义他也不熟悉的远方，而我们居然要以别人的感受作为自己的选择，我们的脑中充满了"好"与"不好"，而忘记了经历。

真真有一段时间很悲观，她觉得是不是她不够好，所以才患病，爸爸妈妈才扔掉她。她说："如果不是因为我，你一定和其他二十多岁的女生一样幸福生活，而不用像现在一样有我这样的负担。"

"得了吧，你见过有几个二十多岁的女生比我活得好的，她们也没有因为自己没有疾病、没有被父母抛弃而感恩戴德、活在当下、享受生活、无欲无求，她们也有别的烦恼，我们本质并没有区别。人活着都得忙于一些事，不是这件，就是那件，不过内容有所不同罢了。区别只在于我们以怎样的态度面对发生的事情。而养育你，让我成为在其他任何形式的生活里都没有办法成就的自己。"我这样告诉真真。

和很多病人一样，真真刚生病的时候积极治疗，乐观向上，可是时间久了，对生命难免失去信心。

在真真初一的时候，她说，小时候，福利院老师的口头禅就是"等你病好以后"，她就等啊等，盼啊盼，盼到她也不知道什么时候就不盼了，接受了。

很多人对于我们的人生报以遗憾，觉得实在有太多悲凉的经历了。可对真真来说，这就是她的人生，她来到这个世界上学会的第一件事就是接受现实，当她接受之后，她坚定地与生命的难题共存，勇敢地面对她的宿命，纵使是死亡，也是充满力量的。或许你会说，这样的生命过于沉重。没有办法，这就是生命，你我都必将经历，早一点，或晚一点。

有一次，一个朋友和我一起去孤儿院。离开后，他说，他以后再也不会来了。我问他为什么,他说,因为他承受不了这样的孩子。我当时说,我也一样,我也承受不了这样的孩子,所以我才要面对,所有我不能接受的事情都是我需要去接受的事情。

所以我也从来不看攻略,你走过的路,和我走的路,必然不同,你也不必告诉我它是怎样的,我是一个生命,我自己可以感受,而感受和经历才是旅行的意义,而这一切都是别人不能告诉我的,也无权定义的。

03

很早以前,就听说过,世界上有一种蓝色叫作"舍夫沙万",这座小城全部是蓝色的,璀璨又温柔的蓝,仿佛拥有治愈一切的力量。

摩洛哥,一半海水,一半沙漠,一个葡萄牙家族来此,驻足,不忍离去,决心向世人揭开它不为人发掘却令人无法抗拒的魅力。

自由似乎是我的天赋,我总是试图用看世界的方式来认识我自己,在这个世界上做一个真诚的过客、朝拜者或者流浪者,哪怕是最坏的事将要到来,也值得庆祝,因为我的行走让我有能力滋养新的力量。我静待,我承接,我会好好对待。

一进入舍夫沙万的境内,就被满世界的蓝色给蓝"瞎"了,包括厕所、垃圾站以及所有无足轻重的建筑都是蔚蓝色的。唯一让我不满意的就是猫太多了,舍夫沙万的餐厅基本上都在户外,吃饭的时候身边至少有十几只猫开始出没。成群成群的猫把我包围(当然,也许是我自恋,它们压根没心情搭理我,是我害怕它们,满眼都是它们),而我真的很怕猫,很病态地怕,幸运的是我尊重我的害怕,也允许自己害怕。

在舍夫沙万,离开人群,更多的是安静地与自己在一起,穿梭在各种蓝色的世界里,想象着小城人民的幸福与烦恼会是怎样。听不懂他们的语言,但从他们的表情里读得懂他们的心灵。买一些能留得住记忆的物品,在街边的一个咖啡馆喝杯咖啡,看着这里的小朋友托着大大的书包,感叹他们的独立,没有父母的庇护,自由地生长,是啊,孩子是一个生命,他是会自己长大的,担忧,很多时候是一种诅咒。

这个小城被传奇化,那个最美的地方挤满了人,或许这就是世界变幻的规律,因为有人把它传奇化,你才有机会见到传奇,偶遇的传奇需要上天太多的宠爱。听说他们把这座城染成蓝色,起初是因为蚊子太多,可以防蚊,呵呵,大概要心灵足够明亮,才能用这样美好的方式来防蚊。

04

摩洛哥的最后一站艾希拉，也是看一眼就会爱上的小城。

杨绛先生说，年少的时候以为不读书不足以了解人生，直到后来才发现如果不了解人生，是读不懂书的。

旅行于我而言也的确是一次阅读，阅读这个世界的每一道光明与每一粒黑暗，接受它不是我想象的样子，我只是宇宙中的一粒微小的尘埃，在自己的世界里五彩缤纷。来到缤纷的艾西拉，感受小镇的沉默与平静，你用宗教修行，我用行走实现自我，我们都是一样的，都用自己的方式爱着也恨着这个世界。

艾西拉比舍夫沙万更安静，极少有游客到来。这里一面是海，一面是缤纷的涂鸦小城，每一道门都有着不同的色彩和涂鸦，我想，这里一定藏着主人的心事，就像我也常常偷偷想念不敢想念的人。

我租了一间可以做饭的房子，拎着篮子去往海边的市场买菜。"在异国做饭"，一直是我旅行的待办清单之一，旅游景点是一个政府希望你见到的样子，而菜市场才是一个国家真实的样子。在菜市场里，你可以看到百姓的生活状态，他们的快乐与忧愁，他们的表情与情绪，都是他们最真实的样子，这份真实是什么样，是不是你喜欢的样子，都好，这就是世界存在的意义，都经历，都遇见，爱有爱的美好，恨有恨的深刻，都无非带领我们体验生命。

也便突然地，我似乎更理解了真真的人生，外人看到的是标签，"先天疾病""抛弃""早逝"，而对我来说，她真实地、不指责地、勇敢地承担自己的人生，她曾经热烈地爱过这个世界，也曾真诚地恨过，不隐藏自己的恨，坦坦荡荡告诉你，是的，我恨你，也恨得坦然。对于一段生命而言，并不算遗憾，为自己活过，无论怎样，都是值得庆贺的，与活了多久并无关联。

她真的疼过，所以她才理解和她一样的人是多么了不起，用疼来认识人生的人总归是令人钦佩的；

她真的爱过，所以她面对生命要逝去的时候，才会那样坚定而坦然。她并没有那么在意去活更久的时间，因为过去的时光，她已对得起自己。

她恨过她的生母，所以她将她心里唯一仅存的"黑暗"也光明磊落地放在阳光下晒干。

她也真的努力过，为了这份破碎的生命，她将它修补完整。

写给真真

妈妈带着你来到了色彩缤纷的摩洛哥，这里的人和你一样，贫穷却并不匮乏，在地球上遥远的边际，却活得缤纷，人与动物都按照自己能够做到的方式生活着，也很好。

来到这里的感觉就是"也很好"，你活着，我们能够成为母女，我们彼此陪伴走人生的一段路，自然很好；你离去，不必受到破碎的心脏带给你的苦，也很好；现在，我带着你的梦想来到世界的各个边角，去体验不同的人生，理解生命的不同的维度，于我而言，也很好。

每一件事都有意义，只是渺小的人类并不一定能够在浩瀚的宇宙中识别出世界要告诉你的意义。

那我们就好好经历，不在意意义，有一天相遇的时候，就是意义。

这是我为她缤纷的世界所做的努力。

真真
带着女儿的遗愿
去旅行

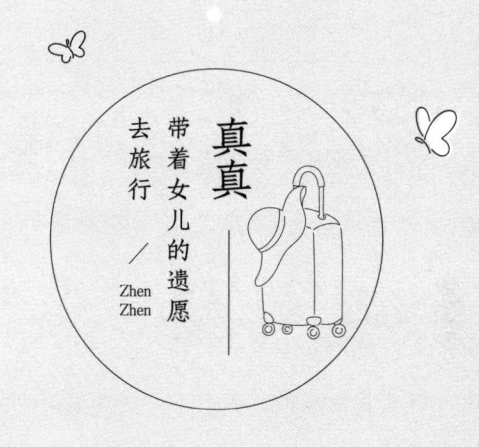

Zhen Zhen

第四章　埃及

AI JI

我没有过人之处，我没有过高的天赋，我甚至比大多数人更卑微，因为我深刻地，刺痛式地，绝望般地和这个世界对峙过，我早已看穿，作为世界的孩子，我不配评判，我没有权利谈判，我只能感受，所以我才是卑微的。

纵使耗尽我的全部，我也不可能理解到世界的边角，我只得默默地经历，无论我得出了什么结论，都是人的层面，对于世界来说，还差得很远。

我唯一确信的一点是：到我死的那一天，我还是觉得差得很远。可是差得很远，也有差得很远的活法，我现在活得很坦然，也就意味着我找到了这种活法。

——纪慈恩

古老的文明，回到世界的最初

有一段时间，真真很喜欢看关于埃及、罗马、古印度这样有着悠久历史的地方的书籍和电影，她说："当我了解了世界很多传奇之后，我就不再怨恨什么了。"

她看了很多关于宇宙的、远方世界的不可思议的传说，便也慢慢理解了自己的宿命。

以前，我为了给这样的境遇找一个理由，而去相信一些东西。在真真走后，我带着她的骨灰来到埃及，在这里生活了很长一段时间，在我要离开埃及的那一天上午我又去了一趟金字塔，我站在狮身人面像面前的时候突然又明白了一些什么。世界有它运行的规则与使命，而身为渺小的人类，我们臣服于世界本身的样子，在夹缝中获得我们自己，大概就是意义吧。

01

如果要用一个词来形容初入埃及的感受，我想，应该是"失望"。

埃及，很多人对于这个神秘古国充满好奇与向往，而古埃及已不复存在，它只存在于博物馆里。这个时代的人已经失去了对于古文明的传承和敬畏，取而代之的是利用它获得更多的利益。而待了一段时间后，失望消失了，不是看到了它的美，而是理解了它的衰败，那是再自然不过的事。这个年代的人没有经历过曾经的人们为历史所付出的代价，无法理解文明的意义，也是自然的。

但是站在金字塔脚下，仍然是震撼的，雄伟的吉萨金字塔群和狮身人面像，很难不让人叹为观止，为古埃及人能够在五千多年前创造出如此辉煌的人类文明而折服。而今的埃及是个阿拉伯国家，主体民族阿拉伯人并不是古埃及人的后裔，真正的古埃及后裔科普特人，在历史的长河中被边缘化，就像沉睡在石棺里的拉美西斯。尼罗河带来的繁极一时的埃及文明，也都无法避免成为世俗化的现代社会。文明是要付出代价的，科技，自然也是。

失望归失望，但只要你想到其中的渊源，便也会理解。

我们这个时代没有经历过古文明，我们对历史没有切身的感受，没有一个血淋淋的教训告诉我们文明的重要性，我们自然对它没有感觉，这也是再自然不过的事。

就像是贫穷。

我们很轻易地对我们的父辈说，你不要抠门，不要省吃俭用，钱不是最重要的，精神的滋养更重要。这句话没错，可是它不适用于所有的人，或者说不适用于所有的历史条件。说到底，我们是不了解贫穷的一代人，我们没有过过一个馒头吃三天的日子，我们可以很轻易地把精神追求放在第一位。可是我们的父辈，他们有过那样的历史，饥饿和贫穷给他们带来的创伤仍然历历在目，扎根在他们的心里。就好像是我们对"饱"的感觉。从身体机能的角度，我们的身体并不需要"饱"，"饱"的状态身体是负荷不了的，只是我们的心理需要"饱"的满足感，这源于我们的成长环境。我们的父母经历过的生活告诉他们一个本能的认知："饱"是第一需要，所有的一切都建立在这个基础之上，所以在他们解决了生存问题的时候第一件事就是要吃得饱饱的，而我们在他们的历史创伤下也养成了这样的习惯。说不上谁对谁错，只是一种历史状态造就了一种生活习惯。

我们没有经历过那样的历史，所以我们的根埋得浅薄，这大抵也是当代埃及人民没有古埃及人的影子的原因之一吧。我的生活方式是，我谅解我是这样的，因为这是我所生长的时代带来的；我也尊重我的父辈的生活方式，因为那也是他们的时代带给他们的，不是对错的问题，只是经历的历史不同。

但是埃及大概仍然是很多人少年时代的梦想，书里写到的古埃及总是被笼罩在一层神秘而诡异的光环中，读到克里欧特佩拉和埃及法老，我充满了好奇，不知道拥有神性的他们是否也承担着世俗的责任。走在开罗的街道，我在想如果没有战争，这个国家会不会不一样？或许和其他地方一样，发达是真的，失去了古文明的味道也是真的。

02

到每个国家，每个城市，我都会去博物馆。逛博物馆是我们能够追寻到历史足迹的为数不多的方式之一了，我认识一个国家、一个时代、一个人，第一件事都是去追寻其历史，对我来说，离开历史的所有判定都是毫无意义的。

第一次见到真真的日期，我已经不记得了，她也不记得。我知道院里有这样一个小孩，但她从来不和我说话。直到一年以后，她突然有一天对我热情。当时的我，对她是有一点畏惧的，一个7岁的小孩，对成人有一种天然的敌对。在我把她带回家以后，有一次，在谈及以前在福利院的生活的时候，她说，她从4岁起就开始"寻找妈妈"，当然不是她的生母，她在寻找一个真正的母亲，能够给她一个家。"福利院很好,可是它不是家",这是在真真的口里常常出现的话语。后来,这句话我也常常和不了解福利院的来访者说,然而,它出自一个孩子的口中,还是太悲凉了点。

真真说她2岁就要自己去打饭,拿着写着自己名字的碗,排着长队。

我望着当时已经10岁的真真,沉默了很久,她讲这段经历的时候嬉皮笑脸,像是讲述久远的故事。当后来有人要她坚强的时候,我总是能回想起她讲述她小时候在孤儿院的生活,她2岁就要自己照顾自己,你怎么还能够说得出口,要她坚强。

当你了解了一个人的历史,你就有可能谅解她的一切,当你知道了每个人都有难处,你再也不好意思评判。

每个人是如此,国家与时代,同样也是如此,归根结底一句话:"你说得都对,可是我做不到。"

千百年来我们早已追寻不到的、在历史的长河中慢慢隐退的神秘文明,通过沧桑的文物一点点地渗透到人类的迁徙中,前行的足迹在历史的沉淀中,显得无比光辉。埃及科技落后,经济如泥潭,货币贬值,在这样的文明衬托下,显得无足轻重。在世界的文明萌芽中,古埃及文明穿越了文化的生老病死,在今天这个时代的落寞也或许仅仅是其漫长历史中短暂脆弱的一段。

我心里也有一座关于真真的博物馆，我没有参与过的她7岁之前的童年，她的不得不豁达的性格，她所有留下的物品，她说过的话，她奄奄一息之时残喘中生命的力量……在找的心里，每一笔，都清清楚楚。

03

埃及有很多城堡，让人可以在现代社会中更接近古代埃及。所有人的童年应该都有一个城堡梦吧，亚历山大魅特贝古堡就很有童话城堡的感觉。可是当我们长大了，走进真实的世界里，终将明白所有人都是一样的，古堡里的人也有他们的烦恼，并不比贫民的烦恼高级。没有一处有幸福，除非你为自己带来幸福。古堡里的人只是有一件看上去很美丽的外衣罢了。走向真实，像人一样活着，这不是每个人都有的勇气和清醒。将痛苦转化成智慧，就像传说中的炼金术，可以窥见内心深处深情的自我。

开车从开罗前往卢克索，不算远，气温却迥异，45℃的高温笼罩着这座埃及古城。卢克索被称为"露天博物馆"，是古底比斯文物集中地。卢克索这座城市遍布着各种神庙和古埃及帝国建筑，满足了向往古埃及的旅人们的幻想。

埃及，一个曾经以为只长在书本里的国家，像一个遥远的传说，不必真的到达。而在真真走后的半年后，我居然来到了这里，见到了我从未有野心见到的世界。

你看，真真，你总是说，你是我的负担，也许从某种角度，是的，我有负担。可是如果没有你，我不会去跳伞，不会去撒哈拉，不会来到埃及，不会有机会看到世界远比我想象的要不可思议，我臣服现实，敬畏过去，尊重失去。你给我带来的，也不是负担那么狭隘。事实上，我们从未有能力知道眼前所发生的一切的全部意义，但总有一天，你会明白。

04

每个人都有使命，这是我早已知道的，我的使命似乎很早就很清晰了，但内心仍然渴望更明确的事实来证明，它，就是这样。

以前出国旅行都会安排探访当地的公益组织，出于职业性的喜好。而这次北非之行是纯粹的疗愈之行，没有探访计划，不带有任何社会身份，在这次旅行中，我就是我自己。但似乎是命运指引我必须要走入当地的公益机构，了解当地弱势群体的现状。

那是我刚刚到达亚历山大的时候。说来也好笑，此次埃及之行我只想探索古埃及文化，对于亚历山大这样以景色闻名的城市，并没有特别的兴趣，想去亚历山大，只是因为我们每天都在说这个词——压力山大。

那天，我坐上很拥挤的小巴车，从混乱的开罗火车站出发，历时三个小时，到达亚历山大，到达的时候天已经黑了。在我到达埃及的三天前，亚历山大刚刚发生过恶性的爆炸事件，局势很不稳定，中国大使馆还特地发过短信来提醒，所以我还是想尽快入住酒店，不在外面溜达。

我通过导航查询到在一条街上有很多酒店，于是就走向那条街，想随便找一个干净的住宿地。那条巷子很黑，几乎没有路灯，只有一些小卖部透出微弱的光亮，我快速穿过的时候感觉到拐角处有东西在动，我以为是猫。埃及的街道有很多猫，而我，是严重的"恐猫症"患者，于是决定迅速逃离。走了十几米的样子，又听到那个拐角处有一些声音，不像猫的叫声，像是小孩子的呻吟声。我停下脚步，犹豫了一会儿，还是决定回去看一眼。我走进去后还是保持了一段距离，因为担心真的是猫，我用手机的光亮照了一下目标处，看看毯子里裹着什么——职业敏感性使我的第一感觉就是：会不会是弃婴？可是又觉得不会这么巧合吧，毕竟捡到孩子的可能性还是很低的，而且是在遥远的非洲。

但是走近以后，我发现，真的是一个孩子。我先把孩子抱到对面的便利店，店家英文不好，但是通过我的神情和比画，大约知道是什么情况，很热情地给孩子拿了更厚的衣服盖着，用诧异又惊慌的眼神看着我，似乎在问："你打算怎么办？"

我示意他不用害怕。我测了测孩子的脉搏，脉搏很微弱，但没有生命危险，接着查看了孩子身上——有肺部开刀的痕迹。这个孩子目测 5–8 个月，这个年龄就做过手术，病情想必非常严重，我瞬间理解了父母的选择。

我不了解埃及当地的流程，也无法和路人有效地交流，于是根据我在国内捡到弃婴的流程，先打电话报警。因为语言的局限，便利店的老板接过电话大概讲了当时的情况，很快，警察就来了。他们本来要我和他们回警局录笔录，做备案，但我和他们讲了孩子的身体状况并不乐观，建议先去医院，于是我们一起去了就近的医院。没过多久，当地救助站的工作人员就来了，孩子暂时由他们来管理和照顾。因为时间很晚了，出于感谢以及看到我的应对处理判断我在中国应该是做相似的工作等各种原因，他们邀请我今晚留宿救助站。

于是就这样，在遥远的非洲，在神秘的埃及，在一个普通的晚上，在经历了这样一段奇遇之后，我来到了亚历山大儿童救助站。

我躺在救助站的员工宿舍里，听着小孩子睡眠时偶尔发出的呻吟声，工作人员走动的声音，钟表嘀嗒的声音，半夜婴儿的哭声以及保育员喂奶的声音，觉得很奇妙。这个世界，总有一个位置是属于你的，幸运的是，我在年轻的时候就找到了它。那一刻，我很确定，此生我的使命之一就是陪伴弃婴的成长，让他们带着创伤也可以活出属于自己的人生。

第二天，我很早就起来了。霞光透过救助站一小块一小块的玻璃射进来，孩子们一个个都醒了，他们都不认识我，我也不认识他们，但是并不影响我们彼此会心一笑，用微笑来表达善意。

工作人员向我介绍了埃及当地孤儿的现状，感叹他们的条件应该不如中国，这里的孩子很可怜。我告诉他们天底下的孤儿院都是一样的，孩子们的共性都是渴望被爱与被关注。

吃过早餐后我就向救助站的孩子和工作人员告别了，想去医院再看一眼我捡到的那个孩子。临走前，我和工作人员拥抱告别，那一刻，心里感叹，我们身处不同的国家，拥有不同的文化背景，遇到不同肤色、不知道父母是谁、不确定血缘的孩子，可是我们都一样，选择了这一份不那么容易的职业，用我们所有的善良和爱陪伴这样的孩子一段路。

到医院的时候，那个孩子已经醒了，他看着我，淡淡地微笑，仿佛知道昨天这一夜发生了什么。他们要我给孩子取个名字，他们说可以直译成阿拉伯文。我为他取名为乐成，希望他无论将来的命运如何，都可以快乐地成长。疾病与被放弃都不该影响他的未来，他和所有有父母的身体健康的孩子一样，有着同样充满希望的未来，带着伤口也可以开出花来。

每一段相遇都是要告诉我们一些什么，每一段经历都在指引我们走向我们应该走向的道路。每个人来到这个世界上的时候都有一个位置在等待着你，那个位置是因你而生，去那个位置的路途也许艰难，也许痛苦，但是它的背后埋藏着你此生的秘密。艰难与痛苦是在你的位置前方的一扇门，它看上去或许如铜墙铁壁，或许坚实难开，但是一旦打开，你会看到它将要带你去的地方，那个地方，就叫作生命的意义。

人本身是渺小的，但我们的伟大在于找到自己的这扇门，不惜一切代价打开门，去经历门那边的人生。纵使生命会终止，但你在你的位置留下了你的痕迹，那么生命的消逝也只是换另外一种方式存在。

幸好，我不顾一切打开了那扇门，门那边的人生，如此精彩。

写给真真

直至今日，或许此生我心里都有一个洞，叫作"失去你"。可是失去本身就是生命的一部分，你我都必将经历，世人也从不能避免。正是因为你的人生尤为艰难，意味着你的成长和对生命的经营与他人不同。对于生命，每个人付出了不同的成本，自然也有不同的对于生命的理解。一个人如何理解都只是世界的一个维度，终此一生，我们都只理解了世界的一些边角。我没有埋怨过什么，我知道，这就是人生，生而为人，必须得经历一些什么，而现在，它就是这样，走到这里，就必须经历它，也很好。

埃及，像一个遥远的传说。

门那边的人生，如此精彩。

真真
带着女儿的遗愿
去旅行
／
Zhen
Zhen

第五章

土耳其

TUERQI

如果你认为你是世界的统治者,当发生了你无力承载的事,你会有愤怒和不满;可是如果你是世界的学生,你永远不会意外于发生任何事情。

我自幼就明白世界很大,纵使一生我都不可能领略它的奥秘,所以它出现什么样的事情都是理所当然的,疾病、意外、衰老、死亡、自然灾害发生,我不意外,这就是世界的一部分,世界就是这个样子的,世界万物的"万"就是包含这个部分的,地球之所以是"球"就是有一万种甚至更多的可能,它转来转去你永远都不可能看到它的全貌,而在这一万种可能里就存在灾难、痛苦、人性的不同、疾病、死亡。

人不能接受,世界所以才给了你漫长的生命要你去学习;你接不接受,这都是你生而为人的功课之一,你就好好地学习,好好地经历,去接受它。

——纪慈恩

缤纷的世界，愿你谅解自己的命运

我临终关怀的职业生涯中接触的第一个白血病病人是一个17岁的女孩，在看到她对生活失去信心的时候，我鼓励她去学画画，她以超乎她年龄的镇定，对我说："是因为我的人生没有色彩吗？"

不知道是不是所有年少时期与疾病相遇的女孩都渴望缤纷的色彩，真真也说过，她向往五彩的世界，说如果病好了，她想去土耳其，想去那些有着五颜六色墙面的小镇，在那许一个简单的梦想，比如可以活着，比如可以有伴乐地唱一次歌，比如现场听一次音乐会——她因为心脏的原因，一生中从未听过从音响里传出的歌声。她喜欢唱歌，她说，如果病好了，她想去参加《中国好声音》，唱一首《天亮了》，虽然她的天再也没有亮起来，但是并不妨碍拥有梦想。

土耳其，看似遥远，可是再遥远，比起生命，它仍然是轻盈的。只要你还拥有自由，就没有到不了的远方。而所谓自由，是指的健康的自由，你还有完成梦想的身体条件，这是一个病人的世界里全部的自由。

误打误撞进入土耳其的不知名小镇，就被它的缤纷迷惑了。不知道一个从小就与疾病共存的女孩是如何知道世界上有那么多美丽的地方，可以做那么多精彩的事的。于是在她离开后我便不停地告诫自己，不要辜负上苍给你的权利，也生怕不珍惜就会被收走权利。后来的我用力地让生活有多种色彩，已不再是为了完成女儿的梦想，也不是期待什么，仅仅是因为人活着应当如此。很多人来到大理，会说："你们活得好奢侈。"我不禁疑惑："那不然活着干点什么呢？"

我们从小努力学习，后来努力工作，口中常喊着的不都是"为了生活"吗？可是我遇到的大多数病人都是人生过半还没有开始"生活"，难免留下遗憾。

有人曾经问过我，你承载了多少人的梦想？

我也只是淡淡地回答：或许所谓承载不过是我纪念她的方式，是我还想以一种方式让她存在，归根结底是我自己的需要，无关他人。

01

土耳其，一个神秘的国度，一个因东西方文明碰撞而形成独特人文的国度，我去的那个时候其实它仍然处于动荡不安的局势，也正是因为如此，我才有机会看到一个国家在语言中失去弹性后的真相。在摩洛哥的时候碰到很多中国游客，我问他们为什么来摩洛哥，他们大都回答说是因为想去埃及，但是埃及在打仗很动荡，于是来到它的邻国——免签的摩洛哥。

而我恰恰相反。因为它动荡，我才有可能看到我们很难见到的一个国家的真相。岁月静好自然是真相的一部分，但我始终认为它远不如战争中可以看到更多的真相，就如日常生活中的自己和在经历痛苦时的自己，都是自己，但是痛苦时的自己在另一个陌生的维度。

从来都不喜欢看攻略，旅行于我而言的意义之一就是为了走出被限制的生活，去看看外面的世界与我生活的世界有什么不同，去理解这个世界给予我们的远比我们想象的多，没有尽头，也就理解了个体身上的痛苦不过是用来经历的，而不能定义真相。旅行给自己更多的维度去认识我们永远都无法完整探究清楚的这个世界与宇宙，为什么还要看看别人认为哪里好，再来决定自己应该去哪里？照片看过了，评论阅览过了，那为什么还需要亲自去，只为了看看这里是不是和别人说的一样？

在土耳其，迷住我的小镇，都是偶然路过的。当地店铺一般要下午才开门，你可以理解成他们生活懒散很晚才起床，我更愿意理解成一天中最好的时间他们也要用来生活，服务他人不是人活着的目的，取悦自己才是正经事。

这也是我喜欢大理的原因，早晨的时间是真正属于大理人民的，跑步、骑车、买菜、种花、打理菜地，让自己喜悦始终应该是最重要的事。先服务好自己，再开门迎接他人，才会有源源不断的力量，不然时间久了，总是喜欢对别人不满。

想起荒木经惟在他的妻子阳子过世后，来到土耳其拍多彩的照片，仿佛世界也光亮起来了。我竟也走到了如此心境。你大可以认为所谓"治愈之行"不过是骗自己好好活下去，那不然呢？真的和假的在自我的感受之下，没有区别。在脆弱的时候，先活下去吧；当有力量的时候，谈谈真相。

我在养老院的时候陪伴过一个百岁老人长达5年（她去世的时候108岁），院方告诉我她唯一的孩子已经去世了，但要求我们不告诉她，说她承受不了。那时年轻的我，相信了这样的说法，于是就骗她："你儿子瘫痪了，来不了。"奶奶耳朵不好使了，也打不了电话，于是她也就这样相信着，也将这样的说辞讲给别人听。

然而有一天，她可能预感生命不久，便和我说："咳，我知道我儿子已经死了。既然你们说他没死那就没死吧，活到我这个时候，他死和没死又有什么区别呢？说他没死，你们高兴我也高兴。"

时间久了，送走的人多了，很多记忆都已遗失，然而奶奶对我说的这段话足以影响我整个生命，永远清晰。她说："虽然奶奶没有文化，但是我毕竟在这人间活了100多年了，听奶奶一句话，想不通就不想，得不到就不要，只要你不在乎，别人又能拿你怎么办。"

人世间有很多以人类的智慧无法解答的奥妙，那就算了。真的假的知道了又能干什么，什么能让你快乐就把它当真相，当有一天你不需要安慰剂了，就换一个"真相"。终此一生，哪一个真相是真的，呵呵，我倒也没有兴趣去追究。

02

土耳其的这些小镇很祥和，有很多清新美好的小店，不嚷嚷，不拉客，不议价，我就在这里，我就定这个价格，你觉得它配得上，你就拿走，你觉得它不值得，那是你的事，我觉得它值这个价格，是我的事。有尊严地做一件微小的事，是我喜欢的姿态。

后来我自己也做手工衣物、包包，知道做手工是多么不容易，其中暗含着手艺人的心思。早年有人问我身为公益人为什么要做收费的课程，我以前还会说什么为了生存，如果现在有人问我，我会坦坦荡荡地说："因为我值得。"

我对于商品，尤其是手工商品的态度一贯是，买得起就买，买不起是还没有能力承担，而不该指责它"贵"。贵不贵是顾客的价值排序，而对于手艺人来说，这是他的价值观和时光，这是人家的规则，遗憾的是总有人试图改变别人的规则。

那些美好的物品，让我真的想据为己有。不知道设计师创作的时候是在一种怎样的心境中，我想，要对生活足够虔诚和热衷，才能创造出美丽的物品吧。始终喜欢把家里装饰得富有生命感，不是矫情，只是它更容易让我看到生命的珍贵。既然已经决定活着了，干吗不专业地活着？家里所有盘子碗都很特别，我妈常说，你看你的盘子，都没有办法摆在一起，多占地方。呵呵，是这么个理。可是吃饭是多重要的事啊，那些疾病，哪一个不是因为这张嘴吃进去的东西导致的？既然决定吃饭了，就赏心悦目地吃；既然决定活了，就一定活成自己满意的样子。

我姥姥常常劝我去买养老保险，我给她的回复是："如果我老了只能靠养老保险为生，我一生的经历、智慧、才华无法给我换来金钱和价值，那这样的生命状态下不用活那么久。"

我不贪图长久，只想按照我希望的样子活着。

在这些小镇，一待就是一天。看美丽的新娘拍婚纱，看一条好命的狗晒太阳，看店老板在门口缝着什么。这些简单而喜悦的小事让人的心灵妥妥地被安放好，才有机会看到生命的不同与生活带给你的意义。对于生命而言，我觉得这比成功来得更实在。

土耳其有着缤纷的色彩，带着伤口来，整个世界也明亮了起来。正因为我们在劫难逃，万物才显得更美好了。我知道人需要不断地犯错才能找到该走的那条路，这些错误，是我需要的，每一种关系都在帮助我成长，成为一个真正的大人，完全断奶的、不再深陷受害者心理的成年人。

当有一天，你回过头看，你就会发现，你的每个经历，每次错误，每次失败，都帮助你走向了你应该成为的那个人。

03

在真真活着的时候，我活得很谨慎，身旁所有人——福利院工作人员、医生、老师、我的父母都在告诉我，她有一颗脆弱的心脏，一不小心会被摧毁，于是多年以来我小心翼翼地保护着她那颗不安全的心脏：真真常常活在消毒水的世界里，因为她的免疫力差，环境要始终做到无菌；她不被允许做任何可能会消耗心脏的事情，她那么热爱音乐可是没有听过音响里传出的音乐声；美好的童年她都在病房里度过。在真真去世以后，我才意识到这不是"活着"。对真真的亏欠，我不追究自己，弥补遗憾的方式就是不以这样的方式继续活着。不后悔，不后悔的意思是不能后悔那么努力来到这个世界却活得那么小心翼翼。

带着真真的骨灰走了这么久，也突然明白，人生这道题太难了，到处都是正确答案，所以我选择了最容易的一条路：按照自己的意愿过一生。每当我似乎感受到世界的深刻意义时，正是它的简单使我震惊。

土耳其，据说是坐滑翔伞最美的地方。

去坐滑翔伞的那天，同行的小伙伴一上车就开始焦虑，当车开得越来越高，她越发害怕，在谈论起飞点有多高，会是怎样的恐怖与危险，太害怕了怎么办……

因为有过跳伞的经历，滑翔伞显得太容易，我一路没有丝毫的恐惧。在我看来，滑翔伞就是一个观光交通工具，在教练给我安装设备的时候，我还在和他分享我在迪拜跳伞的经历，到这里我仍然没有恐惧。

跳伞前恐惧了大半个月，却没有丝毫作用，于是这一次便不再恐惧，很坦然地穿上滑翔伞的装备。直到马上要开始的时候，有了一丝的恐惧。

在这里，我体会到了恐惧的另一个维度。

后来我仔细地回忆过那份只存在过一瞬间的恐惧，我发现恐惧有两种，多数情况下，我们的恐惧来源于想象，我们在一件事还没有发生的时候，为它披挂上很多我们自己营造出来的"真相"，是我们的想象让事情变得可怕了。

还有一种恐惧是从我们的身体里生出来的，是身体条件的一种展现方式，这是身体的语言。

坐滑翔伞与跳伞还是不同的，跳伞不需要你自己做什么，所以我觉得跳伞是最简单的极限运动了，连跳下飞机都是教练把你给推下去的，除了怕一怕，没有一个环节需要自己来亲自来做。但是坐滑翔伞是需要自己跑一小段的，看着自己从山上飞到天空，离开支撑着自己的地面，我想，此时的恐惧多数来源于不能掌控。因为不自信，我们才有那么多的恐惧。

而在天空中的时间，是只属于享受的，我就像鸟儿一样，俯瞰美丽的土耳其。在天空中的时候，突然明白一点，所有的事情都是等价的，你享受这份美好，就要付出你的恐惧；你选择了自由的生活，就要付出不安定的代价；你选择了安定的生活，就不要怪它太乏味。支付什么样的筹码就会获得什么样的世界，无可厚非。当你觉得生活令人不满的时候，只是你没有支付你所向往生活的筹码罢了。

和教练聊天，他问我感受，我和他讲了我跳伞的经历，他大概是觉得滑翔伞对我来说太简单了，在我毫无防备的情况下带我转了3个360度，真的是深深震撼了我。那个时候，我心里也没有恐惧，只是觉得刺激，好像看到了另一个维度的世界。

你看，你怎么可能掌控所有的一切，但是，即便不在你的掌控中，也没有什么大不了，能被你掌控的人生想必也没有更多的精彩了。因为不在预料之中，才有机会看到更多可能性。

对我来说，更多的可能性比安全更重要。

04

洞穴城格雷梅，像是被孤立的独镇，与它的衔接城完全不同，与下一个城也格格不入。它像是在这个世界上独立存在的一个岛屿。我曾经幻想过世界上是否会有一个地方，无外来人发现过，他们也没有政府，不知道什么是市场，什么是社会，他们就以人与生俱来的样子活着，没有社会教导他们该成为怎样的人，不必成功，也不必更好，就是人原本的样子。愿我终此一生可以找到接近于此的世界。

我总是对那些简单、纯粹却活得富有生命感的人群着迷，我在这里可以笑得天真，爱得坦白，恨得直接。

热气球，基本上是所有人来土耳其最初的动力，据说全世界坐热气球最美丽的地方就是在土耳其的格雷梅，在洞穴城的上方，在日出时分，和太阳一起升上天空。

真真大概 10 岁的时候，做过一次长达 10 小时的手术。那一次在医院住了差不多有半年，卫生员阿姨见到我问："她是又来了还是没走呢。"

这是真真几乎所有童年生活的缩影。她的童年只有一件事，就是让心脏不停止跳动。

那天，她蹲在花园的地上，用雪糕棍在土里画着什么，那是她术后第一次被批准可以离开病房。之前的一天，她呼吸出现困难，医生对她说："加油，渡过这次难关我让你去花园。"我看到她的泪水不停地涌出，持续了很久。我明白，对于一个 10 岁的孩子来说，"去花园"便是恩赐了。

那天医生问她："你现在最想做的是什么？"

她说："坐热气球。"

那时的我以为她向往热气球是因为对遥远的天空充满了梦想，她在消毒水、体征监测仪、手术室、ICU 中生活太久了，她渴望自由，渴望天空。

后来我们又谈及热气球的时候，她说："热气球是最慢速的天空项目了吧，医生应该是允许的吧。"

那一刻我瞬间流下了眼泪，真真一脸茫然，她觉得她并没有说什么激起情绪的话语。

什么时候起,她哪怕幻想,都以一颗破碎的心脏为基础?

我说:"等你手术好了,就不用关心慢速快速的问题了。"

她斩钉截铁地摇摇头,说:"不可能的,'好了'也不是真的好了,不过是暂时不会死,不是那种'好了'。"

那一年,她 12 岁。

12 岁的女孩,被迫这样理解自己的生命,连做梦都不敢放开了做。

在真真停止呼吸之后,我跪在地上,最后一次拥抱她,并祝福她好好地离开。是真心的,我舍不得她,可我也不愿意她这样活着,如果下一生可以让她重新拥有一颗健康的心脏,我愿意失去。

我有多么爱你,我就有多么大的力量接受失去。

05

最终,我还是带着她来坐热气球了。

热气球的升空有着极高的天气要求,又因为要点火,所以对风级要求极高。我为坐热气球预留了三天,想着总会有一天可以坐上,可是很不巧,这三天都是大风下雨,全部需要取消。

我很沮丧,放弃热气球是不甘心的,下一次……我向来不太喜欢把人生寄托给以后,"以后"这个词在我看来,就是一个伪概念。

还有一个方案就是放弃伊斯坦布尔的行程,在格雷梅死守热气球。

回国的机票是定好的，只剩下四天的时间，我是租车自驾逆时针游走土耳其，所以最后一站才会去伊斯坦布尔。

最终我决定先去伊斯坦布尔，三天后再回来等待热气球的起飞。如果回来后天气情况还是不允许飞行，那就只能说明我们这一次与热气球无缘。

为了节省时间，我们在当地还了车，交了异地还车的1000元，坐飞机去了伊斯坦布尔，在那里仍然心系热气球。

三天后，再次回到格雷梅，得知还是有很大的概率无法飞行。最终，在第二天深夜2点的时候被告知可以飞行了。

早晨4：00，跟随朝阳一起飞上天，到达最高处的时候，我哭了。这个传说中最安全的飞行项目，也并不是我们以为的那样。如今我已经不太记得坐热气球的感觉了，我能够清晰记得的只有登上它的波折，那些辛苦会让岁月有痕迹，而结果反而并不能留下什么烙印。

这里是地球上最像月球的地方，坐着热气球飞上天的那一刻，我热泪盈眶，想起《素履之往》里的那句"所谓无底深渊，下去也是前程万里"。大抵就是这个样子，因为你要做一朵花，才觉得春天会离开你；如果你是春天，就没有离开这件事，春天永远有花。

站在热气球上，第一次和太阳那么同步，虽然我知道它离我还是很遥远。我想，这大概就是现在我和真真的关系吧，尽管她很遥远，但她始终照亮着我，我心里与她同在。现在，我们在各自的世界里都很努力地活在当下，或许有一天我们见到了，也会笑着流出眼泪吧。

06

自驾土耳其，开着车走走停停。在贩卖橙汁的摊位前停下，喝杯新鲜的橙汁，用蹩脚的英文和土耳其小伙聊聊天，好像在陌生的国家也有了归属感。一直不擅长赶路，无论是旅行还是人生，我都不太去追求答案。千万不要告诉我人生的意义是什么，我不需要知道，也不想拥有唯一的意义。我常常迷路，并且希望迷路，到不到得了终点，于我而言，不是太重要，路途本身才是我的归途。

我是一个不擅长投身人群的人，所以很喜欢和自己做伴，好处是不必为了顺从或讨好别人而扭曲自己。我不在任何东西面前失去自我，哪怕是别人的目光，哪怕是权威，哪怕是婚姻。在这个声音嘈杂人人都急于表达自己观点的时代里，我只想握住手里所持的明亮的初衷。

年少时向往大城市，走到世界的至高点曾经是每一个少年的梦想，所以我在北京生活了七年，就是想看看所谓外面的世界。于是离开，选择大理，它被称为中国最后的乌托邦小镇。我在此地停留，安定，不是因为它好或者不好，只是因为它最适合这个时候的我。后来一直喜欢小镇的生活，我厌倦人与人的关系没有温度。我如果我离开这个世界的那天上帝问我这一生你都拥有了什么，而我能说出口的是有一套房，挣了多少钱，我死都不好意思死。之所以喜欢摩洛哥和土耳其，是因为喜欢简单的生活和不同的世界，喜欢有歌可唱，有高贵的事物可以投身的生活方式。

一个月的旅行在伊斯坦布尔结束，我答应真真的事都做到了。每年都会给自己一个月的长途旅行，让自己全然地走出舒适区去看看外面的世界，很多人都与你不同，但是并不妨碍他们度过他们觉得有意义的人生。

北非疗愈之行，到土耳其就暂时停下来了，美好的旅途我记得，心里的伤我清楚。我知道，时间并不会改变任何事情，是我们自己发生了改变。我从不指望远方能够抵消人应该走的道路，我只是借由远方让自己更明亮，以便有力量重返心中的荒凉，而那份荒凉无关苦难，它只是世界的一个模样。

写给真真

亲爱的孩子，此刻的你，是否已放下对妈妈的牵挂，就如我相信你一个人一定有力量面对没有妈妈的世界。我不关心它是什么样，是什么样都可以。

我们可以悲伤，悲伤是一种情绪，我无意给它任何评价，但我也从未放弃过去理解心中的每一道伤。上苍从不刁难任何人，我们经历的痛楚，不过是我们应该经历的。

时间并不会改变任何事情，是我们自己发生了改变。

路途本身才是我的归途。

真真
带着女儿的遗愿
去旅行
／
Zhen Zhen

第六章

色达

SEDA

我看着多少病人最终疼死于"为亲人着想",
我看着多少的岁月在"让别人满意"中葬送,
我看着我们在别人的生命中迎合却从未令彼此满意,
保卫自己心灵的领土,是那么艰难,却也必须要坚持。
希望你可以好好的。
好好的是指:
不委屈自己,和这个世界保持和而不同

——纪慈恩

信仰在你的慈悲里，不在任何神庙里

真真走后，她初中时的化学老师林老师来看我，分享了真真和她的一次对话。

那一天，真真问她："我有病是不是因为我犯了错？"

她低着头，没有看林老师，像是自言自语，说："那些生病的大人，他们可能是因为抽烟喝酒、熬夜、吃垃圾食品、情绪压力……他们的病总有原因。那么我呢？像我一样的孩子呢？我们还没有开始犯错，就得了病，是不是因为以前犯了错？"

林老师回忆，那一年，真真大概13岁的样子。她什么都没说，只是抱着真真。是啊，又能说些什么？承认，对一个孩子来说太残酷了；否认，那又该如何向她解读她的宿命。沉默，是我们最安全的回应。

这个想法她从来没有和我说过。带着她的骨灰走了更远的路，才渐渐愿意承认我并不是一个令自己满意的母亲，我不知道她的很多心事和那些在她心中从未褪去过的忧伤和疑惑。

我从未怪罪命运，我知道所有的经历都有它的意义，身为渺小的人类，我并不具备看透一切意义的能力，于是我尊重失去，尊重所有事情的发生。然而，让一个心脏破碎的孩子在十几岁就被迫思考这样的问题，我内心还是生出了一丝对命运的怨。

高中的那几年，真真很喜欢看讲述前世的纪录片，我们在纪录片里第一次知道了"天葬"，那时的我对于天葬的形式有些无法接受，但真真很坦然，她说："多好！人与动物就这样相互给予，我们为了生存要吃肉牺牲了它们，我们死后不需要肉体的时候就供养它们。要是能够喂养所有的动物就好了……"

她念叨了好一阵，于是也就有了这一个遗愿——去色达看一次天葬。

01

真真一直觉得自己生来就是有罪的，我没有否认，也没有肯定，我一直以来的生命态度都是——世界很大，我不知道很多事情：宇宙的奥秘，人类的前史，岁月的轮回……我不知道，并不代表它们不存在，所有传说都有可能是真的。但此刻，我在某个国家，某个时代，某个身份中，有我生而为人在这个历史长河中需要完成的使命，我应当好好经历当下发生的。

我带着"世间所有言论都可能是真的"的视角去认识这个世界，却不执着于证明它是真的，是不是真的我都可以很好地活在此刻，完成在我名下的生命。

去往色达的时候我妈妈刚退休，我带着爸妈自驾，从成都出发，先到九寨沟，然后途经马尔康、稻城亚丁，到达色达，最后从香格里拉回到大理。

刚刚离开九寨沟的第二天，那里就发生了地震。当时在马尔康的宾馆，旅客们都说："好险，差一点就遭遇了地震。"

然而我想的却是，我们会因此更珍惜当下的人生吗？

我生于一个便利的时代，成年以后的社会几乎提供了人所需要的一切，它给我们节省了很多时间，而我们却没有把时间用在最想过的生活里；它让我们少花费了很多精力，我们也没有把精力用在最想做的事情上。那节省下来这些干什么，还不如踏踏实实地生活，像过去的人们一样，自己锄地、做饭、织衣。就如很多人说我很不幸，遇到很多"苦难"，我反问，那些没有遭遇苦难的平凡人在做什么呢？感恩戴德？活在当下？无欲无求？好好敬畏自己的幸运？如果没有，拿到"没有苦难"这张牌，也并不算幸运。

对于唾手可得的事物，我并不热衷，我也不期待一帆风顺，比起方便、享受，我更愿意去经历世间本就存在的一切，纵使是灾难、疼痛、不安，也是我来这个世界走一趟应该体验到的。

从稻城亚丁到色达的路非常不好走，开一段路车就需要停一下，因为实在上不了油，开不动。我们就在路边看看四周的风景。停靠的大部分地方都没有名字，道路都基本上叫作"无名路"。人在高山之上，下面是看不到头的磐石路，偶尔有车经过，会在会车的瞬间打招呼，以此表达对于同为旅者的敬重。也会有川河流动的声音，尽管它不在你的视线内，但你知道它在。

于我而言，旅行没有目的地，每一处的经历都是旅行的主题，每一次停靠，每一段无名路，每一处自然，我都视其为生命经历，目的地是一种经历，而途经的道路，也是一种经历。

02

色达位于四川甘孜藏族自治州，属于藏区。色达很宁静，是由内而外的宁静，我在小城的前几日，什么都没做，就在街上观察人群，静观百姓的日常生活。可能因为没什么游客的缘故，整个小城毫不嘈杂，人们说话柔声细语，脸上常常挂满了……不只是笑容，而是满意，不是对生活安定幸福的满意，是对自己灵魂的满意——无论境遇如何都能安然其下，幸福之时活在当下，不幸之时顺其自然。

满意从不是因为一帆风顺,而是因为人的生命质感丰厚。

这里很少有人大声说话,也很少见到传教之士,他们的信仰不在跪拜之间,而在每个人的眼睛里。

你问我是否有信仰?

我没有宗教信仰,可是我有没有信仰?你觉得我有我就有,你觉得我没有,我就没有。信仰是最不应该用语言表达的,一个人告诉你她念了多少经,追随了多么声名显赫的上师,皈依了多少年,可是你在她身上看不到慈悲,那她就是没有信仰;如果你在一个人的身上看到了无穷的慈悲和力量,她说她没有宗教信仰,你一定也知道她有信仰。

信仰,有或者没有,是这个世界上最骗不了人的事情。

我不在乎你认为我有没有信仰,有没有,我自己知道,无须向任何人证明。

我在色达看到的信仰便是这样无声的,它悄无声息地发生着,你所有的"知道"都无法用语言来讲述,但你就是知道。

这里几乎没有娱乐生活,我觉得看场电影都是不合时宜的。我就这样静静地在街上溜达,不打算和当地人聊天,也不想窥视别人的内心,他们过着怎样的生活,如何理解信仰与生命,都无须多问,你感受到的就是真的了。渐渐地，我已经不太会使用"语言"这个工具了，我是一个人，我有感受，而语言诉说的，离真实发生的已经很遥远了，不如安静做一个"生活者"，感受到的即一切。

03

色达是高海拔地区，平均海拔超过 4000 米，或许是因为这样，游客很少。对此，我是欣喜的，所有美丽的地方都是需要我们付出代价的，轻而易举能够驻足的地方，大抵也是很难被记住的吧。

佛学院是旅者来到色达必去的地方，这里由一排排红色的小房子组成，里面的僧人学习、念经、修行，没有其他学校的市井之气，没有喧闹，俨然截然不同的一个世界。

佛学院在很高的地方，需要一路上坡爬山才能到达，海拔也因此更高了。途中遇到的旅人气喘吁吁，停停走走，我倒是很轻松。大理的海拔 2000 米，在高原地区生活久了，也不知道什么时候就适应了高海拔环境。生命就是在这些你看不到、摸不着的地方发生了改变，真是奇妙。

我一直要求自己在藏区不说、不问、不评价、不打扰。信仰不是一天建立的，也自不是你可以"参观"得到的。我小心翼翼地走在佛学院的土地上，生怕一个不小心就打扰到了光阴。

我脖子上挂着真真的骨灰项链，又用手紧紧地握住，不为什么，就是下意识的动作，就如孩子小时候过马路，在来车的那一刻你会拉她更紧。

佛学院海拔这样高，还需要爬山，纵使真真手术成功了，也怕是不能到达。从一出生，很多事情就注定与她无缘。

她以前常常会摸着自己心脏处，很努力地想要和心脏说说话。她想要心脏放她一马，她也想弄清楚心脏发生了什么，为什么自己那么努力心脏却无动于衷。

她从小就必须接受一个现实：这世界很多事，与努力无关。

我不知道那是一种怎样的感受，自然也没有权利劝慰什么。直到后来我回顾自己刚去福利院工作时的状态，才发现自己也曾接受过现实。我记得第一次去福利院时我还不到20岁，那时我第一次知道了另一种人性——有人就是不爱自己的孩子，治不起病或不想给孩子治病时是可以扔掉孩子的。那几年我对抛弃孩子的父母有着深深的仇视，每收到一个捡来的孩子，我都无法抑制自己的愤怒。

有人问我，后来接受现实是因为麻木吗？

不是。是理解。不是理解了这样的父母，是理解了这个世界。

这个世界就是存在不同的人性，有人就是不爱自己的孩子，不为什么，她可能就在这一个灵魂阶段，就是这样。而后来愤怒的彻底消失是因为爱。你现在问我恨抛弃孩子的父母吗，我的答案是：当然不。因为从抱起她的那一刻，她就是我的孩子，养育她，是我的责任。而一旦你相信了"她就是我的孩子",你与孩子的关系是由爱而非法律与血缘决定的,就不再有愤怒。

我曾经问过一个孩子是否恨自己的父母,她那年大概五六岁的样子。她问我:"一个人是不是只可以有一个妈妈?"我说:"大部分情况下是这样的。"她说:"那我就不恨,如果他们不曾抛弃我,你也没有办法成为我的妈妈。"

你不在意谁是你的妈妈,我又何必在意你是谁的孩子?

很多人会说,从事这样的工作不会很难过吗?

难过什么?

有人说,朋友和伴侣是我们自己选择的亲人。而我却如此幸运,除了朋友和伴侣以外,成为很多孩子的"妈妈",这也是我自己选的。成为很多被父母遗弃、内心有创伤、曾经对世界近乎绝望的孩子的妈妈,是何等幸事。

这个世界就是由很多不同的人、不同的人性、不同的价值观、不同的选择所组成,或许有些人性是我们所憎恶的,可我们也不能不承认世界需要你不喜欢的人性参与,探究世界的真相不需要区别善恶与好坏,我们有机会看到全部,才有机会揭开世界的奥秘。

04

在色达住了好一阵子。旅行于我不是"看过就好",而是要"感受到",旅行也是一种生活,不只是到别人生活的地方看看,而是亲身体验不同,这样才有机会理解更广大的世界,也就对更多的经历有了包容。你会知道世界远不是你想象的那样,因此不管它发生什么,都合情合理。

每天清晨我都会在小城里走一走,看看这里的人们如何生活,看看这里的太阳几时升起,看看被信仰滋养的地方是否花朵的样子也会不同。

第一次去佛学院的时候遇到双手被烧的僧侣和他的同伴,我向他的托钵里放了一百元,他有些震惊地看了看我,然后奉上双手合十的祝福。同行的爸爸说,没必要给这么多。

我是这样理解乞讨:很多人说天桥下的乞丐都是骗子,那么如果是你,你知道这样做可以挣到很多钱,你干不干?如果你选择不干,那就可以认为,乞丐之所以选择这样的生存方式,就因为他比你难,那就值得去相信。我给他钱,可能对他的生活没有实质性的帮助,但对我,是一份爱的记录。

事实上,乞丐并不是毫无支出,他付出了尊严,换得微薄的金钱,在我看来是等价的。

那位僧侣和他的同伴每天都在同样的地方念经和乞讨，我也每天去佛学院走走，他每次都认出了我。我有一次没有注意，他便拉了我一下，以此示意"是我"，然后向我微微鞠躬双手合十，再度表达感谢。

后来学生问我在佛学院有没有什么震撼感受，呵呵，人世间都是平凡的寸寸光阴，哪有那么多震撼？令你震撼的，不过是另一种平凡的人生。但这件事是我最大的震撼，我们之间没有语言，但我感受到了慈悲。

在我捐献造血干细胞之后，有人问我疼不疼，对身体有没有损害，我没有苦口婆心劝导，而是对每个人都说了一样的话："国家是绝对不会为了救一个人而去害另一个人的，如果你有机会救人一命，就少谈点'我'吧。"

在大千世界，有幸和一个陌生人的 DNA 如此接近，这是我们的缘分；在和平年代，我有机会和一个人发生用生命交换的情谊，这是我的幸运；在等价交换的时代里，我能够陪伴很多孤单的灵魂走最后一段路，这是一种恩赐。

我做过的事，经历过的人生，都是为了我自己。

05

我在讲课的时候分享过在色达目睹天葬的过程，我当时说："我还是觉得太残忍了，我不太能够接受这样的方式。"

立刻有学生说："人家就是这样的，他们的信仰决定着他们可以接受。"

我一声叹息。

我说："我说的是'我'，我没有说'人家'，我没有说它是否该存在，我说的是我的感受，每个人都有权利感受。"

一个生命的主语是"我"，"我"是一段生命的开端。很遗憾的是，我们常常放弃了"我"，取而代之的是"正确"。

真真在小的时候有一段时间很恨她的生母，福利院的老师说："你不能恨，恨是一种病态的表现"。

我当即就说："为什么不能恨？被抛弃了，恨都不让恨，那也太惨了吧。"

我常常鼓励真真表达她的恨，因为就算不表达出来，她也有恨，恨会在另外一个见不到光的角落慢慢生长，直到有一天，它变成了另外一种情绪，你都不知道它是在哪里诞生的，自然也无法应对。

在真真大概 12 岁的时候，她的生母来找过她，真真要我和她一起去见见。

我说："她又没有抛弃我，我去算干吗的？"

最终，我告诉她，我会在你们见面的餐厅找个座位，你如果不想再和她聊天了，就来找我。这是你和她之间的事，只能由你自己面对。

她们聊的时间不长，说了些什么，我现在已经不太记得了，唯一记得的就是真真对她说的最后一句话："以前是你抛弃了我，现在是我不要你了，咱俩一人抛弃了一回，就扯平了。"

我在一旁没忍住笑出了声。

她的确心中有伤，每个人活在这个世界上都有伤，能够面对就去面对，面对不了就将它安置好，等有力量了再面对，如果一生都没有勇气揭开，那就接受，这都是可以的。一处伤口在心里盘踞了一辈子，是何等的残忍，如果你爱这个孩子，怎会忍心让这处伤口一生折磨她？

我刚带真真回家的时候，会主动和她谈及"遗弃"和"心脏病"。旁人说我好残忍，和一个孩子谈及她的伤口。但又能怎么办呢？我能跟每一个人提前打好招呼说，"她有伤口，你要保护好她的伤口"吗？总有一次，是保护不住的。可能是邻居茶余饭后的"随便说说"，可能是童言无忌的同学之间的玩笑。每一次，她都要重重地疼一下，这样的成本岂不是更高？我保护她最好的方式就是让她不再害怕自己的伤口。如果说，她因此承担了很多的苦，那也是她必须要付出的代价。

当真真那么有力量地面对曾经恨了那么久的亲生母亲的忏悔时，我就知道，她的伤口再也伤害不到她了。我才放心她一个人去经历她的死亡。

06

色达有一个叫作"天葬台"的地方，每天下午两点半准时开始仪式。我一点多到达时，已经来了很多人，当然都是看客。大家戴着口罩，神情凝重。

我坐在台阶上，望着眼前的一切：观者的好奇与沉思，僧侣坐在角落里，为逝者祷告……台阶上站满了人，有很多人在拍照，广播里始终循环播放着"尊重逝者，请不要拍照"的提示。遗憾的是，全程始终有人在拍照，还有不少人用的是巨型摄影器材。但我也并没有感到愤怒，因为我知道，文明教育需要时间，我接受我们真实的样子。

管理员没有强制执行，我却看到了慈悲。如何来向你诉说我所理解的他们的那份慈悲呢？

有点像我在特蕾莎之家工作的时候，看到的一切。

我是一个非常反对短期志愿者的人，我认为短期志愿者仅仅是在满足自己的诉求，却反而给受助者带来了更多的问题。

然而特蕾莎之家是允许一天期的志愿者的。我带着对这件事的疑问走进特蕾莎之家工作，在那里工作了三个月后，我有了答案：对于特蕾莎以及一直在继承特蕾莎精神的今天的 Mother house（仁爱之家）的修女们认为，人都是一样的，不只是弱者才值得被关怀，所有人都是特蕾莎之家的关怀对象，一个人只来做一天志愿者，他也是有收获的，如果他在未来的人生中遇到困难的时候能够想起他曾经的这段经历，愿他也能感受到特蕾莎修女的精神和力量，帮他渡过难关。

这是一种至深的慈悲。

天葬台的管理员没有强制执行，我想，可能也是如此吧。他们把每一个人都当作需要给予慈悲的人，而不仅仅是那位逝者。他们希望看客可以在满足自己的需要的同时给予逝者敬畏，如果暂时做不到，那他们也接受，逝者都是佛教徒，他也一定有力量包容。

当然，这都是我的理解，是我感受到的世界。

这些年来，我一直对"体验不同的世界"有着很大的野心，就起源于目睹天葬，我渴望在体验中去更多地了解这个养育我们的世界是多么不可思议。

花开花落、自然变幻是多么不可思议的事，然而比它更不可思议的是我们居然觉得这理所当然。

写给真真

在色达的时候，我突然明白了很多，也放下了很多。这个世界自有它的意义，可能此时的我们，或我们终此一生，都没有能力获知其中的一切。但我知道，我们不能阻碍它的正常运行。你的同学常常说"如果真真没病……"，如果你不是从小身患重症，或许你没有那么热爱你的生命，没有那么强烈地感受珍惜你活着的一切；而我呢，如果不曾养育你这样一个孩子，我不会来到这本书里所写的一切地方，我不会对生命有这样的敬畏与臣服。你或许会是一个拥有漫长生命却对它毫无感知的孩子，我或许做着平凡的工作，无缘与生命的意义相见。至今，我也不觉得我拥有了什么"意义"，但是我知道什么叫作当下以及我该如何保护它。

我感受到了慈悲。

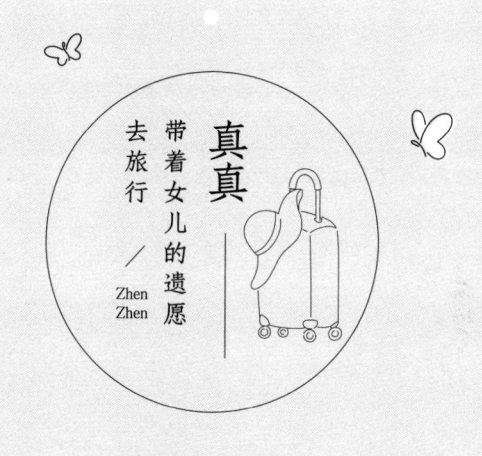

真真
带着女儿的遗愿
去旅行
Zhen Zhen

第七章　西藏

XI ZANG

去做点什么,做什么都好,这都比批判他人重要。我说的是"做"点什么,而不是"说"点什么。

——纪慈恩

慈悲是我的选择，不是神的旨意

这是我第五次走入西藏。

第一次的时候我 18 岁，在那个擅长做梦的年纪来到西藏，是因为好奇，我想知道，为什么那么多人向往西藏；

第二次是我前往阿里一个偏远的救助站进行福利救援；

第三次是徒步墨脱，感受行走的力量；

第四次是翻山越岭带一个孤儿院的孩子到上海进行肝移植，到达上海的时候肝源已经失效，但在他恶化之前又遇到一例肝源，大抵也是上天的眷顾。

这一次并没有"帮女儿完成心愿"的感觉，而是好像带她回到故乡。西藏并没有任何神奇的魔力能够让人内心徒生安宁，是你自己决定在这一刻醒来，借由西藏发现自己心中宁静的轨道。

01

有一次住院的时候，真真与护士聊天，她问护士阿姨，你最想去哪里旅行？护士说：西藏。真真说，那你为什么不去？护士阿姨说，因为忙啊，没有假期啊。

真真后来同我说："妈妈，我觉得大人是不是因为拥有了太多，所以都不在乎。如果我的心脏好了，我出院的第一件事就是去西藏。可能是老天给我的机会实在太少太少，所以我的梦想才很珍贵。"

飞机降落在拉萨贡嘎机场的时候，我想起了真真的这番话。是啊，生而为人，我们是多么自由，你想做什么都可以，然而，我们一再地放弃上苍赐予我们的自由，让那些必须要完成的事，成了遗愿清单。不是无能为力，只是不在乎。如果早一点为自己的心灵做些什么，哪来的生命的遗憾和对死亡的恐惧？

真真去世以后，我重新理解了"当下"。

所谓当下，并非都是快乐的事，我理解的当下是：

如果现在我难过，我就好好地哭，不关心明天我还难过该怎么办；

如果我现在痛苦，我就好好地痛苦，不去想合不合时宜；

如果我现在想玩游戏，就好好地玩游戏，不去担心明天起不来怎么办；

如果我现在愤怒，我就让愤怒宣泄出来，不去想应该不应该，它发生了，就让它发生；

如果我现在快乐，我就沉浸在快乐里，不去担心快乐会结束。

来过那么多次西藏，也没有好好地看一看拉萨，于是这一次，我好好地在拉萨停留。

在拉萨，我有两件事要做。

第一，跑步；

第二，把真真骨灰的一部分撒在这里。

在拉萨跑步还是会有一些难度，虽然它的海拔只比大理高1000米，但仍然感觉困难。那天清晨，我走出客栈，一路穿越了闹市区，看到寺庙门外的人们有人转经，有人打坐，有人聊天，有人欢笑，有人买菜……拉萨的清晨真是热闹极了，想要找到一个适合跑步的地方还真不太容易，到八廓街广场的时候，人比较少，目测一圈也有300米，于是就决定在这里跑步。最终完成了5000米的高原跑，中途保安还过来慰问我，他说还没有见过在拉萨跑步的呢。

旅行对我来说从来都不是看哪里风景更好。旅行对我来说就是换一个地方跑步、画画、看书，就像这天的早晨，边看藏族人民转经轮边穿越人群寻找适合跑步的地方，在大昭寺广场上跑完预计的里程，生活何等宽容，你却只觉得它亏待了你。

跑步完，我开始没有目的地地瞎逛。到了布达拉宫附近，我找了一棵树，将真真的骨灰拿出一部分埋在下面，和其他的泥土、树叶、枝干一起。我想，下一次我再来的时候可能已经找不到了，但这不那么重要。事实上，形式感哪一桩不是为了自己？或许此时的她已灰飞烟灭，或许她在某个地方注视着我，她看到我在没有她的世界里很努力地好好活着，大概也会含泪安息吧。也或许她已成为一个新的小孩，有一颗完整的心脏，有爱她的爸爸妈妈，那么我，此生对于她的使命，也就该到这里了。

在真真的作文里，她写到自己之所以向往撒哈拉，是因为她觉得那片星空离天堂最近，所有的牵挂和秘密她都有机会通过那片星空去传递。于是我总是试图去寻找海拔更高、星空更亮的地方，让她可以听到我的想念，知道我很努力地生活。旅行，实则为了寻找。每个人都有心事，只是我的更敞亮。疗愈远比逃避更划算。

广场上有很多人在转经与磕头，我不完全理解他们的信仰，却为他们可以找到自己所相信的事情而感到欣慰。每个人获知世界的真相、让自己的灵魂醒来、敬畏自己的人生的方式可能不同，这是一种缘分，所以也不必要求他人以你所相信的方式认识世界。

02

在西藏，总能听到有人说到拜什么神、念什么语就可以心想事成，坦白说，我很反感，我反感把至高无上的信仰变成交易。我不拜，我不求，我什么都不要。我行善是因为我想行善，不是为了可以得到什么；我爱你是因为我真的爱你，不是因为要从你身上获得等同的东西；我善良是我的选择，不是佛的旨意。我不关心我是否会有好报，我做我认为应该做的，至于能得到什么，上苍，你想给就给，不想给，我也不屑于要。

我很喜欢寺庙，在这里人会自然地安静下来。我静静地坐在寺庙里，感受佛法的精妙。但我也不喜欢寺庙，在寺庙里看到的就是"有所求"，跪拜之间，全都是渴求。

每次十指相合时我都会说同样一句话："心中有慈悲，就好。"我那份虔诚自在心里，我的慈悲并不仅在十指相合时才有。

于我而言真正的虔诚并不是忠于什么人，追随什么神灵，真相从来不在外面，在外面寻找是毫无意义的，它一直在你心里沉睡，只等你唤醒它。

想起《急诊科医生》里的一个情节：

因为一场和患者之间的纠纷，一位医生说，这都是因为没有主任闹的，另一位医生说，对患者冷漠，当了主任就都有爱心了？

我也非常不喜欢好人有好报这样的论调，如果做好人是为了得到好报，这在我看来是一种伪善。行善就是行善，没有任何条件。而生活中，我们所有的"委屈"大抵都是因为自己内心是渴求回报的。

所有的痕迹都会有一个结果，只是不是现在。

在真真还在福利院的时候，有一天，一个和她患有同样疾病的小孩心脏病突发，我们紧急把他送往医院，其实在路上的时候我们已经知道希望不大了。

那时，真真也在住院，看到福利院的小弟弟被送进抢救室，她悄悄地跟着大人们，在墙角偷偷看着。医生出来告诉我们生还的希望几乎没有了，在我的强烈哀求下，医生允许我进去送他一程。我进去看着已经失去生命力的他，给他搓手脚，希望他还能有一些温度，给他讲他们小时候的事情，唱他们平时爱哼哼的歌……但最终他还是走了。在手术室门口，我掀开他脸上的白单子，跪在地上，对当时只有4岁的他说："不要怕，不要怕，你终于可以不插着管子了，多么值得庆贺。"

之后，我和在现场的福利院工作人员向他鞠了一个躬，祝福他一路走好。

在手术前，真真也是同样气喘不止的状态，她告诉我她在医院目睹过小弟弟去世的样子，她说，虽然小弟弟没有活过来，可是她知道福利院的叔叔阿姨是多么爱他们，把他们视为己出，在她对人生最失望的时候，她看到了这个世界是很美好的。

所以，你永远不知道你在做一件事的时候给这个世界带来了怎样的涟漪。在大人的世界里，我们是多么失败，那么小心翼翼地呵护着他脆弱的小心脏，以最快的速度送他去了医院，最终还是没有留住他。可是我们不知道在我们用力与死神抢人的时候，正在改变着另一个女孩的世界观。我们算不清楚的，算不清做一件事到底带来了什么，你以为的付出与回报也许远远不是那么回事。

03

包车从拉萨过林芝，到达日喀则，没有一定要去的地方，没有必须要停留的地方，偶遇猪群、冰川、稻田，崎岖的路走了一段又一段、赶羊、做农活、在泥土里大声欢笑——这也是我在定居大理以后才能够理解的事，过去在城市，不知道这有什么喜悦可言，我们被塑料的刺激性的欢乐所包围，不记得那些纯粹的、脚踏实地的快乐。而今，看到路上有少年唱着歌赶着羊，有成群的牛猪没有主人依然知道自己路在何方，有稻田里的农妇和农夫嬉笑，在听不懂的语言里，依然感受到他们的快乐。

在冰川之下，有拉客的，有藏族姑娘要和你收费拍照的，旁边的游客说，哎，如今的西藏已经不纯粹了。

不禁笑出声来，咳，在这个大千世界里，我们都是小心翼翼，藏着心计，保护着自己的领土与利益，我们也为自己找了光鲜的理由。

而西藏，一个不知道什么时候被谁冠以"纯净"的地方，人们渴望它是一个完美的存在，世俗社会有的名利在这里不该有，这里的人们应当藐视金钱，没有欲望。西藏自然有人们所希望的那种地方，我们在为阿里山区的救助站提供支持的时候去过"纯净"的地方，那里，人们不会说普通话，手机几乎没有信号，汽车到不了，没有旅店，没有餐厅，高海拔，需要全程步行……遇见"纯净"是要付出代价的，终归，是我们要得太多，却不愿意付出。

在我看来，人世间所有你想要的，都可以获得，只要你愿意付出代价。

04

搭车去往拉姆拉措的路上，我们的车坏了，车上的修车工具也都不能用，只好停靠在路边，等待路过的车借用修车工具。路过的几辆本地车都没有匹配的工具，而外地车都没有停下来，司机师傅很生气，他说，他以后再也不帮助外地人了。

或许就是这样吧，你受到了一些委屈，于是你再也不愿意付出爱了，当每个人都有这样的经历，那么每个人都不愿意付出爱了，慢慢地，我们不相信爱了，不相信别人有爱，也不相信自己有爱的能力。

在真真小的时候，她的肺部有一个引流管，需要随身背着一个小包包，她的一些同学会嘲笑她说"爸爸妈妈不要你了""你是一个残疾人"，诸如此类。

那时的真真没有力量反驳，她委屈地哭。有一次，在痛哭完冷静后，她说："我以前觉得是老天在捉弄我，给了我一个破损的心脏，可是真正伤害我的是人，不是老天。"

那段时间，她对人充满了仇视，她说她再也不爱别人了，这个世界不值得。

我没有说什么，也没有否定她。是的，她体验的世界就是这样的，我们无法代表世界告诉她"不是这样的"，我让她就在自己的愤怒和仇视中好好地活。

很多时候，我觉得真正残忍的是身边的人，你受到了巨大的伤害，他们却不允许你有你的感受，硬要你按照他们希望的样子去感受，太残忍。

那段时间，我经常和她一起看关于探索宇宙的书籍和纪录片。我想告诉真真的是宇宙很大，人只是很渺小的一种生物，人类的品质并没有优于其他生灵，我们不必高估自己。可是为什么人类的寿命会比很多生物长？因为我们要学习，我们不会爱，所以一生会遇到那么多的人；我们不明白命运的意义，所以才有了死亡与失去。

真真问我，什么是爱？

我说，就像是接力棒，你给了A，A给了B，B给了C，每个人都有，每个人有的都与所有人有关，我们才能感受到爱。你在一个人身上感受的爱，是无法供养我们一生的，终此一生，无论在这个世界上发生了多少让我们伤心难过的事，我们都热爱着我们生活的世界，所以我们需要很多很多的爱，妈妈的，好朋友的，伴侣的，亲人的，远远不能够让我们享用一生，只有这个世界人人都有这种爱，才能到达我们想要的世界。你可以恨他们，但心里也要留一个位置去接力爱。

那时的真真似懂非懂，直到她16岁心脏病复发。那时她收到了很多的捐款，有50元，有100元，也有几万的，她都写在本子上，在本子背面有一句话：爱的接力棒。

最珍贵的是，真真或许没有听懂我当年讲给她的接力棒的故事，但是她记得它，她在之后的生活里一直没有忘记去理解这个世界的瑕疵，直至她病情加重，她收到了爱的接力棒的最后一棒。对此，她没有和我交流过，但我知道，她懂了。

生命的短暂从未带来悲剧。

西藏，并没有"纯净"的属性，重要的是"你"，你心里没有爱，你经过的世界天都无法亮起来，而我选择接受，不是委曲求全，是我知道人世间很多事是需要看见才会相信，但唯独爱需要相信才会看见。

我看见了，你呢?

写给真真

走到西藏的时候，我突然醒来。我一直带着你的骨灰——以完成你心愿为由，实际上，我在安置我失去你后有些破碎的心。你的人生已经那么艰难了，我不该再把我的伤口疗愈之行算在你头上。往后的日子，我是为了我自己，完成你的遗憾其实指的是完成失去你的遗憾，与你无关。我知道，我们每个人此生都只是在完成我们自己，所以此刻的你，别再牵挂妈妈，也开始你自己新的人生吧。

到了布达拉宫附近,我找了一棵树,将真真的骨灰拿出一部分埋在下面,和其他的泥土、树叶、枝干一起。

真真

带着女儿的遗愿去旅行

Zhen Zhen

第八章

日本

RI BEN

常常有人对我说"这个社会需要你们",

为什么是"你们",而不是"我们"?

"让这个世界更好"是每个人的责任,而不是某一类人、某一职业的责任。

我承认我们的时代有着无穷无尽的问题,可是,你不经历它的糟糕也就不配享受它的美好。只要你试图为改善这个世界做点什么,你就会理解它的破碎是值得原谅的。

——纪慈恩

露营：回到大自然里

去日本露营是真真念叨了很多年的愿望。

她一直对大自然的一切事物充满幻想与渴望。我想大概是她从小被福利院和医院管束，太渴望自己做决定。

福利院像一座封闭的城，孩子们在城内，世界在城外。来到这里的所有人——医生、老师、社工、行政人员、志愿者、探访者都把孩子们当作受过伤的小鸟，小心翼翼地呵护着他们。也因此，走出福利院的大门是一件很严肃的事，带孩子出门的人要负责孩子的一切，如果出现什么问题，将承担法律责任。慢慢地，也就没有人能够承担这样的责任，孩子们只有在节假日组织外出游玩，或是去医院的时候可以出去。

真真和我回家以后我给了她最大的自由，所有的一切都是由她自己决定的，但她仍然逃不过疾病的管束。她不能感冒，不能晚睡，不能过多消耗体力，不能晚吃药，不能吃辣椒……她一直活在各种类型的"不能"里。

真真在电影里常常看到日本的房子、餐具，所以初中的时候，学校组织去日本冬令营，她非常非常期待，在暑假整整打工两个月，就为了可以交入营费。但到了冬天，她又住院了，计划被迫取消。那一次，她哭了一整天，难过了好一阵。后来也有一些机会，但都因为临时的身体原因，无缘日本。

在她去世后的这些年里，我从未把想做的事推给"以后"。在真真的世界里，健全的我们，究竟扔掉了多少次她从一出生就丧失的机会，而我怀念她的方式就是不浪费生命赐予我的每一个权利和机会。

01

这次去日本是临时决定的。很多年前，在一次展览中了解到了日本越后妻有大地艺术祭，"大地"寓意着"自然"，而"艺术"在我心里是一种叛逆的符号，这二者是完全不搭边的，是世界的两个边缘，它们是如何被完美结合的？这引起我的好奇。

当看到这年的大地艺术祭的信息时已经很迟了，但是我还是立刻决定前往。是的，有"下一次"，即三年之后。可是，好像人生中其他事一样，我们总是说"过段时间""等我有时间了""下一次"，很多时候并没有下一次。现在的你是这个样子的，很多事只在你这个样子的时候对你有意义，它对人生的改变和影响就是在这个时候。三年后，展还是那个展，但我可能已经没有那么需要它了。所以，人生只有"这一次"，没有"下一次"。

很惊险，买的机票是9月2日，8月31日签证才出签。但也是这一次日本之行，改变了我生命的轨迹。

"越后妻有"在日文中的意思是"被白雪覆盖的村落"，它坐落在东京的郊区新潟地区。随着城市化，传统农耕已经无法满足当地年轻人的生存需求——其实全球都存在这个问题，年轻人都去了城市，农村慢慢变得荒芜且愈加落后。对此，出生于这里的北川富朗决定用艺术的形式改变人们对于村落的认知。

2000年，北川发起了以"人类属于自然"为主题的艺术节，以760平方公里的山村和森林为舞台进行创作，希望通过艺术祭复苏山村的经济，让更多的年轻人回到这块土地。

之后，历届的艺术家创作都得以保留，成为当地环境的一个组成部分。

从第一届到现在，"人类是自然的一部分"这个主题从未改变过，艺术在这里不是目的，是一种生活方式。如今，越后妻有大地艺术祭已经成为世界上规模最大、水准最高且影响力最广泛的国际性户外艺术节。

我曾经认为人类是最强大的，科技的发展，日益先进的社会——这是人类的功劳。

然而在汶川地震的时候，我到达灾区的第一感受，不是震撼、残酷、不忍，是渺小。我站在废墟中，感到了人类的渺小。

大地艺术祭中，最打动我的作品莫过于"最后的教室"，它关于地震灾害，关于教育，关于少年。

"最后的教室"的每一个教室都是漆黑一片。在微微的灯光中，似乎还能隐隐地听见朗读课文的声音。它让我想起当年汶川地震后我到达灾区救助院看到的第一场景，也是那样漆黑——并非是房屋采光的缘故，而是生存信念的摧毁带来的黑暗。老院长求我带走剩余的孩子——当时救助院养育了63个孤儿，一场地震后，只剩下9个。而在大地艺术祭见到这个"最后的教室"，好像似曾相识，虽然全部是黑漆漆的一片，我却看到了光明，那种光明便是一个社会工作者的使命。

真真说过，如果不是因为她的生命有限，她不会这么在意岁月。我也知道，若不是经历过痛苦，我并不愿意理解别人的痛苦。

02

我对所有一丝不苟的生活都心怀敬畏。小的时候我们说好好学习是为了"生活得更好",后来我们努力工作也是为了"过上好日子",可是什么是"更好的生活"呢？我认为是食物的原生与自然,是在夕阳到来之前可以好好为自己守候,是想做的事情就在此时,不在以后。然而现实是我们都好像挣到了更多的钱,却没有时间生活。我男朋友Gavin是瑞士人,他曾经问过我,中国人好像特别喜欢攒钱,可是攒钱是为了干什么呢？我一时语塞。我研究了好一阵,最后告诉他,他们攒钱多数是为了将来生病买进口化疗药,住医院单间,买好位置墓地。

我也不懂,不懂我们费了那么多的精力努力学习,出人头地,却不曾真的拥有生活,那"更好的日子"到底什么时候过呢？我们所谓的"以后"到底是什么时候呢？

里山十帖几乎符合我对生活的所有要求与想象。

里山十帖由十个主题组成：食——以日本料理为主体的有机健康食物；住——如同家一样舒适的客房；衣——传统技术加新颖设计制作的衣服；农——食物全部来自当地的农作物；环境——和大自然的融洽相处；创作——一个让人涌现新想法的地方；游——

从东京出发只要两个多小时就能到亲近大自然的地方；愈——四季不同的景色；健康——舒适的睡眠、健康的饮食；聚集——把不同的人连接在一起。

里山十帖堪称极致生活的典范了，超出人们对于"住"的想象。房屋的原始木构，身后的稻田与远山，屋顶的露天温泉……空间关系无一不妥。

里山十帖位处高地，与村落有一定距离，周围没有一间民房，白天听到蝉鸣和小鸟的鸣啭，晚上蛙声一片，仿佛身处远离现实的完美寂静世界。

我们按照预约时间到达里山十帖的时候，还没有下车就看到有很多穿着制服的服务生在门口迎接。里山十帖完全坐落于山林中，它的邻居是稻田、蓝天、鸟儿、河流，在此地，所感知到的都是世界本身的样子。

服务生邀请我们到茶室等候，他们帮忙将行李放到房间。我注意到他们穿着不会发出声响的特制鞋子，全程两人一起抬着行李，不会损坏行李，也不会制造声响打扰到其他人。

在茶室听一位日本学者讲述日本人种茶、采茶的故事，他们对每一件平凡的小事都认真对待，体现了对时光的歌颂。所谓人生的意义不就是所有当下的总和?

日落之前，我带着真真的骨灰，向山林之上走去。越高，越宁静。

我想，如果真真来到这里，怕是不想离开。她一生中几乎唯一的事就是比死神跑得快一点，让它追不上。小时候她做完一次手术就为下一次做着准备，长大以后她努力完成心愿，想要在 20 岁来临之前完成她对人生所有的期待。她一直在赶时间，不能停下来，所以她对这样宁静的山林，对时间好似不再动弹的地方充满了幻想。

在山上，遇见稻田、香椿、大雁，它们都按照自己的规律生长。我走了很多的路，寻找过很多原始自然的村庄、河流、大山，渐渐能够接受发生的很多事情。世界就是这样，我们在生命消逝之前去做自己想做的，当生命被收回之时，也就能够接受了。

03

真真很喜欢露营，我们搬到云南以后，她一有机会就会去露营，她说，"露营是与大自然结合最自然的方式"。

于是我在这里露营。纵使野外条件有限，也不能凑合。"一天都不可以将就"，在星光下，在大自然中，在美好的生命赐予中，是不能"随便"的。我所在的营地有公用的洗漱间和浴室，内有洗手液、护手霜、烘干机……与所有的酒店一样，一点都没有"将就"的感觉。

晚上和在这里认识的朋友一起烧烤，吃饭的时候我们几乎没有使用灯光，星空给予的光亮，就已经够了，人们"必需"的其实很少，大自然已经全部给予。

凌晨的时候，整个营地都已经寂静了，我走出帐篷，戴着装有真真骨灰的项链，拿着手电筒在整个营地闲走，想带她好好认识她一直向往的纯粹的自然世界。看着真真的"遗愿清单"一条条完成，好像心里的伤口也在逐渐修复，偶然还可以听到它合上的声音，那种感觉像极了埃克哈特所说的那样——毛毛虫眼中的世界末日，我们称之为蝴蝶。

04

我一直不喜欢结伴旅行这件事，"漫无目的"对我来说才是真正的旅行，有同伴后，两人的"漫无目的"合二为一需要太多的缘分，于是习惯一个人的旅行。有人问我会孤独吗？这么多我没有见过的世界角落，缤纷满目，怎会孤独？

睡到自然醒晃晃悠悠乘坐新干线来到京都。在大理流传着这样一种传说，世界上最像大理的地方有两个，一个是泰国清迈，一个就是日本京都，对于在大理待腻的人来说，只有这两个地方能够满足我们对于生活的要求。

来到京都，突然也就理解了这样的说法。京都的确是一个很像大理的地方，它很小，大部分地方步行都可以到。我喜欢在京都的街上不停地走，一路走一路拍摄京都特有的在古老中透着当代质感的房子。我也常常坐在巷子里的石凳上看着小朋友们穿梭，看着阳光照射下阿婆做的手工，等待着时间过去。瞬息京华，平安如梦，"赶路"不适合旅行，它太过于鲁莽。

泡咖啡馆始终是我在旅行生活中的一种选择，我觉得它代表当代的"心脏"。这个时代的主流文化都被展现在咖啡馆里。

来到一家叫作"wife & husband"（妻子与丈夫）的咖啡馆——一个非常小却很有京都气息的咖啡馆。我在这里安静地阅读，和"妻子"聊天，探索他们的菜单里面暗含着的故事。

进来两个穿着非常时尚的"老闺蜜"，她们看上去七十多岁的样子，一个老奶奶穿着白色的旗袍，手拎具有法式风情的小包，另一个搭着满是刺绣的艺术披肩，说话温声细语。听不懂她们在谈论什么，但看得到她们在举止间的喜悦。

"妻子"不忙的时候会坐下来和我聊聊天，她没有问我来自哪里，对日本有什么看法，我们就谈咖啡，谈食物，谈这当下的光阴，意义、远方于生活而言都无足轻重。

05

我很少在意过去，我也从未觉得哪一段过去"不尽如人意"。不是每一段过去都完美无瑕，而是每一段过去只能是那时的样子，你不能以今天的标准去评价过去的你。我从未否定过任何一个时段的自己，人和时代一样，需要走过必经的道路才有可能到达"更好"的状态。

一个人有多少正能量，她也一定经历过等同的负能量。尊重自己的负能量你才有能力经营自己的正能量。

对于真真的离去，我有遗憾，但那份遗憾就像是经历彩虹消逝，春天过去，夕阳不能看更久，我想留住这份美好，但不否定过去的时光。她活着的时候无论我做成了怎样的母亲，都是"只得如此"，就像我从不问学生你觉得我讲的课怎么样——我就是这个水平，你觉得怎么样，我都只能如此。我尊重和赞赏我在过去的每一段经历，没有好与不好，只有尽力或不尽力。

早起和民宿老板娘一起做早餐的时候，我和她讲述了我和真真的故事，她就静静地看着我，眼神里有泪，却始终没有掉下来，她拥抱我，她说："什么都不说是对你最大的尊重。"

直至今日我都记得她那双真诚的眼睛和她这句深深击中我心的话，我喜欢旅行，可能喜欢的是收集人类的不同。

告别了老板娘，然后搭乘近铁去奈良。

一下地铁，迎面扑来的是一个小镇的清新感。遇到穿着校服的中学生嬉笑着，没有愁容，没有"要迟到了"的紧迫感。去往奈良公园的路上碰到很多鹿——早就听说奈良是鹿的天下，但没有想到便利店门口、博物馆里、街道上全都是放养的鹿。

奈良真是个童话般的世界，像是鹿为主人的小镇。鹿不怕人，人不拒鹿，各得其乐。

奈良的鹿眼睛很明亮，应该是从未经历过恐惧吧。从它和人类的亲密程度就可以看到这里的人类是如何对待动物的，大概也能看出一些人类的品格。

在奈良公园待了很久，和小鹿们玩耍时，它们常常猝不及防地跳到我身上。我在奈良公园的草地上奔跑着，和小鹿们一起，没有了人类与动物的分界线，在宇宙之中，我们应该都是一样的吧。

06

你问我，在我心里真真是一个怎样的人？

她是一个对生活敬畏的人，生活给了她什么，她就在自己能够做到的范畴里做到最好，如果不能，就用力学会接受。

走得越远，完成了越多的遗愿，我的遗憾也就越少。我以为的"未完成的事"，对于一个曾经深深敬畏过生命的人，是不存在的，"未完成"不过是缘分不够，从不是对生命的浪费。

写给真真

真真，不必为"遗憾"而感到难过，地球上有生命已有 30 亿年了，而地球上有人类才不过两三百年，人本就是微不足道的，臣服于自然规律，是最清醒的一种活法。

在你的心脏能力范畴内，你能够经历的人生你都努力去活过了，这已然完成了生命的意义。至于遗憾，谁死的时候没有点遗憾，谁活着的时候能"一切都好"？都是不尽如人意的。我们大部分人不是在"爱"的疲惫中挣扎，就是在"不爱"的悲哀中自恼，算来算去，其实都差不多。

真真
带着女儿的遗愿
去旅行
/
Zhen Zhen

第九章

尼泊尔

NI BO ER

我从来都不懂得死亡，

因为我从来都没有必要懂得它。

我只懂得如何好好地活，

我也只需要懂得它。

我不需要关心死亡，

因为我活着的时候，

我在忙着活在当下，

我死以后，

我要忙着活在死后的另外一段"当下"中，

不曾好好活过的人，

心里才尽装着死亡。

——纪慈恩

璀璨又温柔的蓝,仿佛拥有治愈一切的力量。

在真真活着的时候，我活得很谨慎。

你为什么需要一个完美的没有烦恼的世界?

有一天，当我更有力量的时候，我会停下来。

长途徒步：我将用徒步的精神，用力地活下去

徒步，是我很喜欢的旅行方式。比起借助科技来认识世界，我更喜欢直接去理解世界，而徒步，便是我认为最接近这种理解的一种方式。

没有汽车，没有科技，只有最原始的丛林和山峰，想要到达目的地，只能靠自己——每一个孩子的童年都应当有一次长途徒步，让他明白，到达所有美丽的地方都需要付出代价。

想要到达，只能靠自己——这是迄今为止，我学会的最有用的生活哲学。

真真的一个遗愿是"去尼泊尔徒步"，而这次我完成的是我的遗愿——7天的徒步路线5天完成。

在真真走后的一段难挨的日子里，我曾经用力地想要感知她对生命的感觉。那时，我参加了3天200公里的越野马拉松，我去跳

伞体验极致的恐惧，以及这一条，想要极限徒步。我想体验"极限"，我想知道这个世界上有没有极限，我想知道一个人长年处于极限的身体状况中，想要保持对生命的热情是否还能像那些心灵鸡汤里歌颂的一样简单。我想，我怀念你的方式就是去靠近你，理解你，不在"我以为"中来怀念你，谈及你。

我一直对"尽头"有好奇，大海的尽头到底是什么样，人的极限，究竟存不存在？在极限状况中，我所理解的世界是不一样的，这或许是认识世界的另一种方式。

是的，任何时候，我都对认识这个世界有野心，或许在我的潜意识里，选择走入特殊人群的世界，也仅仅是我实现对世界野心的一种方式。

01

尼泊尔，徒步爱好者的天堂。世界上最高的 10 座山峰，尼泊尔就有 8 座。

这一次徒步我所选择的是尼泊尔徒步著名的 ABC 路线，它位于博卡拉。著名的几条徒步路线是徒步爱好者的首选，相对更成熟——旅店和餐厅比较多，路途中出现意外的概率也比较低，总之就是基本上是在人可以预知的范围之内。旅行社会派出一位背夫，他同时也负责做向导和帮你安排住宿吃饭。旅行社会规划每天的行程，线路都是一样的，只是他们会安排每天走多少路程，确保 7 天完成。当然，你也可以延长或缩短时间，费用会有变化，背夫是按天计算。7 天是长期以来被认为最科学、运动量适中的一个方案。而我要在 5 天完成 7 天的行程，就需要每天多走几个小时，旅行社会给我重新设计路线。

其实我也不能确保我一定可以完成，如果身体不适也会选择放弃，所以向旅行社付的是 7 天的费用，确保背夫可以一直为我服务，体力不支不会硬要完成。我对"极限"有好奇，想体验极限之下人的意志与精神，想论证人世间很多的事不是靠想象出来的，并执着地坚持我所相信的就是对的。如果这一次无法完成，那就下一次，如果没有下一次，为此尽力过，也不算遗憾。

02

从博卡拉市区开了两个小时的车到达徒步开始的地方，这里是一个山谷，更像是人造的世界和本身的世界的分割线：城市，是人造的世界——为了满足人类需求而制造，它便利，科技感十足，人在这里变得轻松。而山谷中，更接近于本身的世界，它的旅店、餐厅、防护栏，都简陋得不能再简陋。想要走进纯净的世界，在今天，已经变得格外困难，而这样接近于天然的世界，我已然觉得够了。

徒步开始的时候，很兴奋，好似离开人间，开始另一种截然不同的生活；却又很熟悉，因这本身就是我们应有的生活。

穿越山谷里五彩缤纷的美丽村庄，设想着这里的居民的生活，想象它们会像外婆讲述过的往事，乡村电影里的片段……就这样走着，想着，置身于只有布谷鸟、乌鸦、河流、风声的大山中，脚下是并不平整的路，眼前是看不到尽头的山，偶尔看到山底下的科技社会，觉得好遥远，好似我们已然是两个世界。不去比较哪个更好，我身处这样的世界，就好好地在这里。

第一天，算是所有行程里最累的一天，攀爬 3800 个高台阶。背夫说有两个住宿点，第二个比第一个需要多走两个小时，我连忙说，第一个第一个第一个，走不到第二个了。背夫说，好！

然而，到达第一个住宿点的时候，他并没有告诉我，而是带我硬生生走到第二个。我和助理分享的时候，助理说，你以为你不行，其实你行，你不知道，但别人都看在眼里，就好像我们自己并不知道自己有多少力量，但是老天知道，所以给你更重的使命和功课。

上一次跑 200 公里的越野马拉松的时候，好几次都会念叨"我不行了，我不行了"，可是全程下来都没有真的"不行"的时候。我们常说"极限"，事实上，到今天，我也没有遇到过极限。我常常怀疑，人是否有极限？

到达旅店的时候，老板娘竖起大拇指——她说，第一天选择到达这里的人都很了不起。

第一天的徒步顺利完成，累是真的累，美，也是真的美。一路上都在内心说着一句话：值得去的地方都没有捷径，到达所有美丽的地方都是要付出代价的。

02

我记得，第一天完成徒步后，我到达旅店，拿出放着真真骨灰的项链，说："她活着，无论如何都来不了的。"

而今，当我已经完成了真真所有的遗愿，对生命有了不同的理解之后，我觉得她可以，不是走完所有的路，是她可以以她的方式完成她对"遗憾"的理解。就像如今的我，是真的觉得完成真真的心愿她就可以安息，我就可以放下了吗？并不是。我只是借着做一些什么让她还活在记忆中——完成这些遗愿，还能觉得生命与她有关。我不想失去与她的关联。

但我知道，有一天，当我更有力量的时候，我会停下来。

第二天和第三天，每天安排了 11 个小时的徒步。我很早出发，想看到一天内所有时段的景色，从天黑到天亮，从正午到夕阳，从黎明到黄昏。在日常生活中，很难有一个机会静静地认识时光。时光那么珍贵，我却从未正式认识它，而徒步，便是认识的一种途径。

在定居大理之前，我是一个零运动者，觉得运动是一件很痛苦的事情。记得那个时候爬香山，气喘吁吁的时候直呼"爬山就是自己和自己过不去"。

来到大理，被大自然深深折服，那个时候住在洱海边，每天早晨拉开窗帘就看到有很多跑步爱好者在跑步——当时的我觉得，在这样美丽的地方，不跑步太辜负时光，便加入了跑步的行列。

从1公里都跑不下去，到轻松跑一场半程马拉松，到能跑完越野马拉松，仅仅用了5年的时间。我从160斤到110斤，从一个慵懒的人变成运动达人。

完成每天的徒步到达旅店的时候，我都被自己感动哭了。躺在床上的那一刻，从未觉得人生如此美好。

日志里，我写着："30岁之后，体能不失为一个人值得炫耀的资本。"

所有的努力都会有结果，只是，做和不做罢了。

经常被问，这个怎么办，那个怎么办……知道了怎么办又能怎样，不如去做。生活是最容易的一道题，就是去做；躺着，五年，五十年，也很快会过去。

在旅店的时候，我也想念躺在床上点外卖的日子。舒服的日子也很好，但是只要走到大山里，我还是觉得，我像是大自然的精灵，得到了真正纯粹的快乐，不再想回去。

03

第四天，7个小时，已经是非常轻松了，我开始有点怀念小汽车，想念火锅，想念辣条。

好几天没有手机信号了。

早餐的时候突然有信号了，就看到巴黎圣母院被烧的新闻，朋友圈所有人都在缅怀与惋惜。

我当时发了一条微博：

每个人都清楚时间有限，世界不会等你有空！每次发生刺激性事件，每个人都感慨万分，然而，又怎样了呢？如果你还是在原地，灾难将毫无意义。如果有一天世界毁灭了，我也不惋惜，我做了所有我想做的事，我想做的事从来没有等到下个月，我把所有生命都活在当下。此刻，我在尼泊尔进行徒步旅行，走在海拔4000米的山中，我为自己感到满意，不会为世界的残缺而感到遗憾。

继续上路。

下午的时候，狂风大雾，能见度不足2米，我心中没有任何恐惧，继续前行。我觉得我像一个勇士。自然的变化就是这样的，没有人承诺你天天晴空万里，那就自己寻找更好的前行方式呗。

那个时候，感觉自己在仙境，看不到人，看不到树木，甚至听不到一路以来的布谷鸟声，像是到达了另一个世界——多么幸运，在人世间体验仙界的生活，值得感恩。

上一次遇见这般大雾，是在真真手术之前。虽然真真没有问过我，也没有咨询过医生，但从小生病的她早已久病成医，她知道，这一次活不下去的可能性是很大的。她极少向我提出什么要求，尤其是她觉得会让我为难的要求。那天她说，她很想去普者黑，她觉得去一次在书本里、电影里见到过的普者黑，能够弥补很多遗憾，而且它在云南，是最有可能实现的。

她几乎是用央求的口吻希望我在手术前带她去。

我沉默了。

那个时候医生"警告"过我们，以真真这样的情况不要上学，不要出门，最好连床都不要下，保持她最好的状态，提高手术成功率。我认可了医生的建议，她当时的各项指标在手术标准的临界线上，如果保持最佳的状态，手术还是有可能成功的。

对我来说这是一场赌博。我希望有神灵可以告诉我这次手术能不能成功，如果能，任由她哭她闹她委屈她失望我都要把她锁在病床上；如果手术会失败，那还管那么多干什么？

可这就是人生有意思的地方，不会有人告诉你结果。我们常常会说别人"早知今日何必当初"，但"早知"本来就不成立。

我赌了。

在去普者黑的路上，真真一直双手摸着心脏，我知道，她在保护它，她希望心脏此刻争气一点。

到达普者黑，她看到一望无际的稻田，夕阳照耀下河里盛开的荷花，遥望着马车回家的路，我知道，我选对了。

有一天，我租了一辆摩托车，带她去往40公里以外的牧场。都已经带她来到了这里，就不再关心安全不安全了，那时的我其实已经做好了她会死在路上的准备。安全固然有它的意义，但它远不如放肆地活更能滋养生命的心脏，真真从一出生就失去了健康的心脏，那就让她生命的心脏毫无瑕疵吧。

在路上的时候突然遇到大雾，什么都看不到，我慌了，不知道如果天气变得更糟糕，我该如何保护心脏脆弱的女儿。我只得停下车，下来抱着她。我听到了真真在唱歌，她一直哼着曲，她说她从来没有见过这样的景象，她永远都在安全的，被保护的，医生允许的小范围里，她从来不曾见过真正的世界。

她紧紧地抱着我，说："谢谢妈妈给过我这样的人生，如果我死了，我也一定不遗憾。"

现在想来,她说的是"给过我这样的人生",不是"给我这样的人生",是不是她早已预知自己的命运?她知道这是她唯一一次看世界的机会,只是为了不让我难过,假装对手术充满信心。

真真的班主任吴老师后来告诉我,她曾经问过真真最想过的生活是什么,真真沉默了一阵儿,说:"不听医生的,活一天。"

现在回头看,普者黑之行应该是她一生中唯一的一次"不听医生的",好险,如果不曾冒险生命就已结束,那该是生命中最遗憾的事吧。

当时的医生在得知我要带她去普者黑的时候"警告"过我,他说,希望你不要后悔。我也曾担心后悔这件事,直至今日,我终归是明白了,你只能走在一条路上,你走了A,就不可能知道B是什么样,如果A不如愿,B也有可能不如愿,生命并不是一个A不如愿B就一定如愿的事情,选择躺在床上等待手术也有可能失败,最终什么也没得到,于我而言,为生命努力比为"活下去"努力更重要。

04

走了大概两个小时,雾散天晴。

上苍哪有空天天刁难你,不过是自然的变化罢了。

刚刚到达旅店两分钟就开始狂风暴雨,感觉屋子都要塌了,可能是海拔较高的原因，电闪雷鸣打掉了电，没有电，没有信号，只有雨水冰雹砸房子的声音，纸糊着的墙好像在动弹，偶尔飞来的飞蛾与我做伴，我盖着厚厚的被子看 iPad 里之前下载的综艺节目。

等了很久，都没有来电。

只得打着手机手电筒去洗澡。洗澡水还算比较热——那一刻，非常非常满足。这几天，根本不想无线网络这种事，只要可以充电、有热水澡洗就已足够感恩。

但是没有怨言——要享受如此纯美自然的美丽，必然要付出代价。艰苦的生活就是我为美丽的景色和徒步的体验所付出的代价。

洗完澡去吃饭。

在一个有火盆的房间，很多不同国家的徒步爱好者都围着火盆坐着，每人手里抱着一个碗，盘着腿来取暖，我们甚至看不清每个人的样子，不知道彼此来自哪个国家，只能通过英语的发音来判断大概来自哪里。

吃完饭不愿离开火盆，我们聊着徒步、运动、极限挑战的经历，分享着世界上值得徒步的那些伟大的山峰。我们没有问彼此的名字，没有问国籍，没有问职业，不需要留下联系方式，在这个艰苦而美妙的夜晚，我们留下了生命的痕迹，已足够。

到了晚上 11 点，依然没有来电。在完全漆黑的夜里，听到隔壁房间的外国友人问"旁边有人吗",我们就这样隔着墙,在自己的被子里聊着天,度过夜晚的时光。

这一夜,虽然艰苦,但是一辈子都不会忘记。

多年以后,回想这一次高强度的徒步旅行,我能说出的竟只有"好累,好美"。我会记得这个夜晚,那可能是人生长河中为数不多的体验。

归根结底,人生还是一笔公平的买卖,什么苦难不苦难的,都是一种经历,好好地经历自然有"好好"之后的结果,怨天尤人地经历也自有抱怨之后的结果。平庸的人生不需要付出更多的代价,那如果能臣服于平庸,也是好的。

在我看来,人生最大的灾难是:我不愿意付出代价,又不甘于平庸;我想获得智慧,又不愿意付出痛苦。

05

背夫说最后一天大概走 4 个小时。

走到此刻,4 个小时跟玩似的,想想如果在城市里,走 4 个小时,立马选择打车,而此时的 4 个小时,已经算是一种恩惠。

最后一天的路线只是平凡的山路,最美的风景已经走过。终归是有一段道路是平凡的,你接受平凡才能看到美好——来时,要走过平凡的风景才能见到雄伟，回时，也要走过平凡才能坐上汽车。

已经 5 天没有见到过小汽车了，下山的时候远远看到底下有一辆大巴车，都激动得要流下眼泪：好久不见，现实社会。

你问我思念科技社会吗？太思念。过几日，又会怀念什么都没有的山林生活。

感谢一路陪伴的"徒友"，和可爱的狗狗们，在你们身上看到的徒步精神，是一种信仰，和人类所有真诚的信仰一样高贵。

06

回到人间，在博卡拉休整，住进夕阳可以照进来的房间，打开窗户就可以看到费瓦湖，感慨还是人间好哇！

欧式早餐，街边闲逛。真正的自由是没有人告诉我应该怎么去感受，我想怎么感受就怎么感受。

我们都是迷失的星星，却依旧试图照亮黑夜。

并为此感到满意。

写给真真

真真，走到这里，我开始渐渐地体会到"释怀"的含义，释怀的本质并不是没有悲伤与思念，也不是不去在意。释怀是——我知道一切都发生过，失去的就是失去了，这就是生而为人我们应当经历的，不管你愿不愿意。不愿意，那就带着这份不愿意继续行走，不必强迫自己一定要愿意。走着走着，"不愿意"并不会消失，但会变成另外的样子。你从"不愿意"到达"不得不接受"，继而到达"它可以发生"，之后到达"发生是有它的规律和意义"，未来会到达哪里，我尽也不在意了，哪里都可以。

亲爱的孩子，愿你此刻也走在你应当走的路上，我也不介意你是否能够知晓人间的一切，我们都有我们要走的路，走到哪里，都是一种成长。

真真

带着女儿的遗愿去旅行

Zhen Zhen

第十章

不丹

BU DAN

我一直觉得我们被大人骗了,小时候他们告诉我们,"长大了就好了""考上大学就好了""结了婚就好了"……怎么可能?人生没有一个时候叫作"就好了",如果有,大抵是进坟墓时。

就如我们的社会。历史上我们为解决饥饿而烦恼,现在为医疗质量而烦恼,解决了医疗和养老问题,还一定会有新的问题,那不如高高兴兴地去解决目前遇到的问题。

做自己热爱的工作,和喜欢的人共处,住在不需要委曲求全的城市,过不辜负自己的生活,不然会长出鬼鬼祟祟的气质。

——纪慈恩

一个神秘的国度

对"不丹"这个国家的初印象来自我的一个服务对象,我们叫她齐奶奶。她是一个虔诚的佛教徒,但很少传教。她从不说佛陀说了什么,经书教导人们什么,但她的生命状态,她与他人相处的样子即是信仰本身。她温柔慈悲,同病房的病人一个个人离去,她平静地送别他们,有时会感慨,很少会流泪。

我常常去看她,很多时候我觉得不是我在关怀她,是她在关怀我。有时我会带着真真一起去看她,我们聊天,真真在旁边写作业。

她说她还有最后一个心愿就是去一趟不丹——这个几乎所有佛教徒都向往的地方,她说"不丹是一个可以让人宁静的地方"的时候真真很认真地在听,那个时候真真大概十三四岁吧。突然想到——真真到底是在几岁的时候就开始思考她自己的死亡,而我又是如何错过的?

我最后一次见到齐奶奶是在她去世前一个月左右,后来她离开医院去周游世界,最后抵达不丹,我失去了和她的联系。

她走之前我们有一个约定:她每去一个地方就会寄一张明信片给我,如果有一天我再也没有收到她的明信片,就说明她已经死了。

大概有一年多我都没有收到她的明信片,我根据我们的约定认为她已经离开人世了,还在微博上悄悄悼念过她。

一天,我接到她的电话,她说她回到重庆老家了,希望和我见一面。

那时,她距离医生宣判的"死刑日"已经多活了四年。

后来真真常常谈起齐奶奶,她也曾幻想,只要努力生活,热爱自己,就有可能打破医生的"魔咒"。而当她的生命走向尾声的日期和医生在她童年就预测过的一样的时候,她哭了。直至今日我好像突然明白,她所悲哀的并不是死亡,而是宿命。那么多人曾用对生命的热情改变了医生的魔咒,可她没有。她真的非常非常用力地要做到"为生命尽全力",不知道她停止呼吸的那一刻是否后悔过那份"尽力"。

或许她用一生的经历明白了有很多事不关努力的事,但经历本身也有意义。

01

真真的遗愿清单里有一条是"在不丹死去",我不知道真真是否还通过其他方式了解过这个神秘的国度,我也说不上我来不丹的意义,是寻求安宁吗?自然不是。是探究秘密吗?也好像不是。或许仅仅是找寻真真。她短暂的生命,抛开治病和上学的时间,能够逮寻到的生活印迹随着时间流逝越来越少了,我只能从她的遗愿清单里去找寻她的印迹——那些不曾通过语言传递的人性的光辉。

关于不丹,网上的信息很少,多数大同小异,正因为如此,它变得更加神秘,而我似乎骨子里对于被隐藏的、不容易去到的地方有着激情。

于是,我没有告诉任何人,就像逃亡一样,悄悄地来到不丹,这个"世界上最幸福的国家"。

曾带队来过不丹,我问学生们,你们觉得不丹被称为世界上最幸福的国家,这个幸福来源于什么?

他们认为可能是没有烦恼。世界上真的存在"没有烦恼"的地方吗?就像是《少年派的奇幻漂流》里的派,如果没有那只老虎,他真的能活到遇到彼岸吗?如果我们的人生没有烦恼,那样的世界,能持续很久吗?

很多时候,"美好"带来的是一时的心灵愉悦,却无法有效地经营全部的生命长河,"烦恼"虽让人不自在,但唯有它始终伴随,我们才有动力向前行,"安于现状"能让人获得暂时的宁静,可是这份宁静会有"用完"的时候。

来到不丹后,我的很多学生都说"失望了",失望的原因是——"我以为这应该是一个完美的世界,没有烦恼,没有压力,一个真正的乌托邦",但是来了以后发现不丹人也有压力,也有烦恼。

我当时提出了两个问题:

1. 你为什么需要一个完美的没有烦恼的世界?

2. 如果不丹真的是这样的世界,来到这里可以给你带来怎样的改变?

如果不丹真的是一个没有烦恼的地方,我们来到这里无非是见证了一个"神奇的国度",多了一个看到"新大陆"的体验。如果这里的人和我们的烦恼差不多,但却比我们过得快乐,它才能给我们带来更多的思考。

我们的学生教给导游各种挣钱的办法,他都一一摆手婉拒,他说他过几年就不当导游了,觉得没有意义。学生问他,那什么有意义?他说,打坐,冥想,念经,让自己的心灵得以安宁。他说大部分时候他都不接团,就在家里念经,觉得岁月很美好。

你觉得挣钱有意义，他觉得念经有意义，我觉得体验不同生活有意义，我们有什么不同吗？

我们都在为有意义的事情而努力，我们是一样的吗？

在我心里，乌托邦就是我为自己的生活感到满意，我拥有自由——我指的自由是健康的自由，只有一种东西可以阻碍自由，便是疾病。在疾病到来之前，倾尽所能，创造自己满意的生活，那就是我最想要的人生。

在不丹，看到最美的景色就是——人们有烦恼，有生活的压力，但是他们很快乐，他们可以和烦恼共存。不管外界如何，他们都有能力安于此时；不管痛苦如何袭击，他们都可以与它好好一同成长。

我有一个病人，他们家有非常罕见的遗传病，很疼，但不致命，我们一直联络美国罕见病研究中心，期待着他们很快可以研发出药物。前几天，护士打电话给我说研发有一些新的进展，她说，这是一个好消息吧？只要研发出药物，我们就获得了胜利。我问她，你说的是病人还是我们？

她疑惑了，说，我们和病人不是一样的吗？

我说，当然不一样，对于病人来说，他的尽头就是等待药物研发成功，可是对我们来说，这个病得到了救治，还有下一个病，下一个得以解决，还有下下一个，我们的工作是没有尽头的。

每当遇到没有被解决的社会问题的时候，身边的护士、志愿者、社工就会愁眉苦脸的。我和他们说，你们到底在苦恼什么？今天解决了舒缓治疗的问题难道就没有别的问题了吗？在养老服务保障非常卓越的国家，他们的社工也没有退休，他们还有新的社会问题，社会越发达，问题越多，越细，反正永远都有问题，又何必管今天问题的内容是什么？

解决社会问题一定要高高兴兴地解决，不然解决了都带着怨气。

我想要的仅仅是，在让世界变得更好的这条路上，我曾经尽过力。直接给我一个完美的乌托邦，我并不屑于要。

02

曾经有人问真真，常常住院是一种怎样的体验？

她说："换个地方睡觉喽。"

真真6岁之前，生活的所有内容就是治病，在她的世界里，这并不叫"灾难"，她一度认为所有人都是如此的，人生的第一道考题就是疾病。她生活的福利院里几乎每个小朋友都有病，她认为有病是正常现象，她对自己这颗破碎的心脏并没有痛苦感。

在她成长过程中，身体承受了很多疼痛，可心灵却敞开来接受人世间的境遇。

对于一个孩子来说，固然是悲哀了点，可是对于整个生命而言，她有机会看到世界的真相，未必悲哀。

人生在世，很多事，其实可以很简单。能够及时行乐就安于当下，遇到疾病与痛苦就去经历它，都可以获得生活之上、真相之下的精神财富。怕的是我们不甘于活在当下，又在埋怨苦难，而错过了本可以从苦难中获得的经验。

不丹的孤儿院也是一个神奇的存在。

每去到一个国家，我都会拜访他们当地的福利组织，算是"公益人都怀揣着同一个天下吧"。每个国家的情况大同小异，然而，不丹的孤儿院与我去过的所有孤儿院都不同。

不丹是一个全民信佛，且医疗、教育免费的国家，大概是因为如此，所以不丹没有弃婴。

不丹的孤儿院里，真正意义上的孤儿也很少，父母去世后他们会由其他亲人抚养。在不丹的孤儿院住着的，大多数是因为父母离异无人照顾的孩子。

不丹孤儿院的老师说，天底下所有没有父母照顾的孩子都需要受到照顾，于是，我们就照顾他们，有没有父母、父母是否健康不重要，重要的是孩子是否需要被照顾。

我呆呆地凝视了老师很久，是啊，这才是真正的慈善。我爱你，并不需要你惨烈到一定程度才能得到爱，只要你需要，只要我有，我就可以爱你。在我看来，这是真正的给予。

从社会发展的角度来讲，不丹很落后；从经济发展的角度来看，不丹是贫穷的；但是从生命的层面来看，不丹是富有的。

不丹人不杀生，所有的肉都是进口的；走盘山路的时候常常可以遇到牛羊，人们不摁喇叭，不驱赶牛羊，在他们心里，牛羊与人类一样，你不会因为有人在你前面走着就对他说："你让开。"他们用歌唱告知动物，如果动物并没有让开，他们会耐心地等牛羊吃饱了走开再走。

在每一个村落，即使再贫困，人们吃饭都会有餐垫、餐前菜、餐后水果。他们敬畏自己的生命，认为每一餐都是养育身体的筹码。我们是珍贵的，我们值得对自己更好。

03

我曾经问过一个盲人，光明是什么？

在她的描述里，光明有颜色，有形状。她问我，你觉得光明是什么呢？

我沉默了。我沉默的原因是我从来不需要知道光明是什么，因为我就在光明里。

我从不问别人，你有信仰吗？

信仰是最不该用语言形容的，它无形无声，它在心中生长绽放。

不丹人的信仰便是我心目中信仰该有的样子——他们不传教，不告诉别人佛说了什么，不教导别人应该如何善良，他们没有红绿灯也非常井然有序。信仰自在心中。

去过很多佛教国家，不丹是唯一一个不靠语言和经书来供养宗教的地方，他们的信仰在一言一行中，在他们的脸上的笑容里，在他们对待陌生人的举止中。

在旅途中，学生请不丹的小朋友带领参观，小朋友问他们要钱，学生们当时非常震惊。

人们认为在一个信仰佛教的国家不该有世俗的行为，而我却觉得这是自然的。人对金钱有欲望，这是人的天性，成年人觉得"我有欲望，但是我应该克制欲望"，而小朋友所展现的就是人本身的样子。

那么，你究竟想看到真实的人的样子，还是你希望看到的人的样子？

不丹的纯净、简单、幸福，在我看来都是合情合理的。此地不能自由行、有最低消费、交通不便利，已经拒绝了很大一部分游客。来到不丹的人已经逾越了种种，大概率是对信仰有坚守，或对"不同的世界"有追求的人。我和不丹人聊天时问他们是否想出国，他们都表示没有兴趣，除了去中国西藏。可以说，不丹人并没有机会受到现代社会的"污染"，他们生活在一个简单而纯粹的环境里。如果有一天，不丹的旅行政策变得和其他国家一样，外来人可以定居在这里，当地人会面对很多的诱惑。要是那时他们还能和今天一样纯粹，那便是真正的信仰了。

比起现在，我更期待遥远的不丹。

04

即便多年以后，不丹不再像今天这般纯净，变得追求金钱，变得商业，我也还是热爱它的。人活在这个世界上有很多阶段，每一个阶段都有自己的使命。童年时，天真让我们理解这个世界没有边界；少年时，我们是用幻想来理解这个世界，幻想让我们对未来充满创造力；青年时，我们通过婚姻制度来理解这个世界，知道经营一段关系并不容易，知道世界上所有事情都不容易。小时候我们要与父母发生关联来认识养育与亲情，长大以后我们要去和朋友、社会发生关联来认识更广阔的与亲情不同的一种关系。人生过去大半，我们要认识衰老、疾病、死亡，要认识我们生活的这个世界……并不单单只有纯净与肮脏，美好与丑陋，活着与死亡这么简单的两面……

当有一天不丹变得不够纯净，我们生活的社会不够善良，我都不会为此难过，我知道，这只是必须要经历的而已。

我喜欢纯粹的东西，可我知道，生命是一个整体，仅仅有纯粹是不能够供养一生的，我们借由污浊、人性的两端能看到世界的更多真相，比起永无止境的美好，我更希望见证不同。

在真真逝世后的很长一段时间，我非常怀念不能睡整觉、在病房守夜、在急诊等待床位、在ICU门口等待探视那段日子，那样的日子里至少她还在。我怀念她在的日子，不管多么艰难，只要她在。可是回忆那些日子的时候，也尽是一把辛酸泪。

一个孩子不健康时，只盼着健康；而孩子没有病的时候，父母又有更高的期待，希望她学习成绩好，找一个好工作，有一段好的婚姻；有了这一切又希望她有成就，有钱；有了钱又希望她赚更多的钱……什么时候是尽头呢？可能不会有那一天吧。

真真活着的时候被疾病折磨，看着她为这颗破碎的心脏坚持着，我想着要不算了吧，让她离开是不是更好？当她真的离开的时候，我又在想，她活着该多好，哪怕有病。

生命或许从来都没有那个"最好的时候"，也永远没有为生命"做好准备的时候"，永远都在路上，时时都在此刻，没有以后，没有最好，只有此刻。

走了很远的路，走过埃及，踏过撒哈拉，走进不丹，是不是该停下来了呢？"帮助女儿完成遗愿"，其实是找到自己在世界中的位置，她的遗愿是否在指引我来理解我自己，理解我在境遇之中看到更多的世界？或许，让我在完成遗愿之后重获自己，才是她最终的遗愿。

写给真真

三年半了，我已经习惯在思念你的时候去远行，我还是决定要完成你的所有遗愿，但是是以我的名义。不必内疚我养育了你这样的孩子，若不是因为你，我至今还是一个漂泊的人，不知道来到人间一趟，是为了什么。我现在也不知道，但我知道我脚下的路是坚定的。养育你，让我成为不一样的人，你或许会说，可是也付出了很多辛苦，是的，辛苦就是要付出的代价，所有有价值的事情都是要付出代价的。这是天道，不是你我能够决定的。亲爱的孩子，天国的你，好好地睡吧，妈妈走了越远的路就越接近你的心。

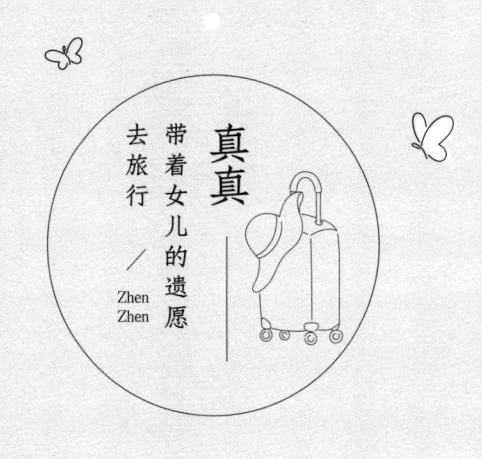

真真

带着女儿的遗愿去旅行

Zhen Zhen

第十一章　印度尼西亚

YINDUNIXIYA

世界是公平的，事情可能会有好坏，可是经历与感受是你的财产，你经营生活的方式决定着生活的结果。

有人说，有些人就是幸运，生来就被老天眷顾。

呵呵。

你当老天傻，能被老天眷顾，也是人家的本事。

——纪慈恩

不带行李的旅行：人需要的越少，便越自由

"不带行李的旅行"是真真的遗愿之一，她说，在她人生大部分时候药就是她的"行李"，她是那么讨厌行李这种东西，她想康复的原因之一就是想体验没有"行李"的感觉，没有医生告诉你必须怎么样，没有妈妈嘱咐你千万不能怎么样，她就想好好地体验人生本身的样子，哪怕随即死去。

当然，她到停止呼吸也未完成这个心愿，完成这个愿望所要付出的代价实在是太大，纵使放在现在，我也不一定敢冒这个险。然而我可以，我不需要冒险就可以达成。我们依托于身外之物而活着，那些事物意味着我们与这个世界的依附关系。我想知道当我与这个世界不再是依附关系的时候，我是否会以另外的关系和这个世界平等共存。

我一直渴望的是平等的关系，与每个人，与这个时代，与这个

世界，与这个宇宙。

这算是我生而为人想要探究的。人与世界的关系，应该不是简单的"属于""占有""顺从""臣服"这样单一的隶属关系，我们来过这个世界，应该不仅如此。

行李是什么？便是这份隶属关系的代表。

很久以来，我都觉得我们被绑架——被"应该"、被物质绑架，我想挣脱这种束缚，想体验不被任何东西束缚的感觉。

人是否可以没有行李？

人们常说，我们来到这个世界的时候什么都没有，走的时候也什么都带不走。

是的，我们为什么要拥有那么多的东西呢？有这些东西的时候我可以很好，没有的时候我也可以很好，这才算自由吧。

01

对于这次的旅行，我没有任何计划。

我写了八个免签和落地签的国家，只带一个背包，物品很简单，不超过五件的洗漱用品和护肤品，一本书，一副眼镜，一把雨伞，一件T恤。

很奇妙的感觉是，东西收拾好了，还不知道要去哪。

安然入睡。

这一次的期待与以往不同，以往的期待是自己知道要去哪里，只是不知道那里是怎样的，这一次的期待是好奇自己要去哪里，是在完全未知的世界里，认识自己。

没有一丝一毫的忧虑。

好像死亡。

从事死亡教育多年，"为什么恐惧死亡"一直都是不可忽略的一个话题，我们有着很多恐惧死亡的原因，但是我认为最深处的一个是：我们不敢一个人走向死亡。

我们一直依托于外界事物——车子、房子、存款、保险、结婚证、道德约束、相互的需要和依赖关系活着，我们以为的独立与自我事实上从未离开过这份依托，人生中几乎没有一种经验是"独自去做一件未知的事情"，而死亡便是"独自与未知"，我们不确定，没有考证过。

而什么人不害怕死亡呢？

你脚踏实地经历过生命，你体验过疼痛与艰难，你穿越而出。经验告诉你，你可以的，你有这个能力。于是你相信你自己，无论去哪里你都有能力让自己生活得很好，所以不需要"知道"这件事，去做就好。

你不害怕死亡，是因为你知道你有能力在任何一种世界里都可以活得很好，对于死亡的恐惧，本质是对于自己的不信任，你依托于这个世界活着，当失去你所拥有的，自然会手足无措。

那天晚上，带着心中的那份确定入睡。

第二天很早就起来，像小朋友期待圣诞礼物一样。

我闭上眼睛随便抽了一张签，迫不及待地打开：印度尼西亚巴厘岛。

很令我满意的目的地。

我立刻查看机票，当天的机票还有，而且还很便宜，欣喜；然后查了大理到昆明的高铁，也有票，最理想的车次在两个小时之后。匆忙吃了早餐，简单地收拾了一下东西，打了车去往火车站。在去昆明的高铁上订下了满意的丛林酒店，就这样开始了这一场毫无目的的旅行。

出站、安检都很顺利，悠闲地走到登机口，打开手机，看到助理发来的一些关于工作的事情，我告诉她，我准备去完成我的遗愿清单，最近的事你就自己处理吧。

助理很诧异，她说，你是说这几天你要去完成遗愿清单？

我忍不住笑出声来，拍了窗外的飞机照片发给她，说："不是这几天，是现在。"

02

真真小时候是对未来充满信心的，因为老师的口头禅就是"等你病好以后"，从没有人告诉过她可能没有"病好以后"的那一天，直至她15岁，她从我口中第一次听到"真话"——我们在探讨可能好不了，谈论到死亡。她非常兴奋，她说她第一次被当作一个人，而不是一个小孩，她第一次有机会看到世界的真相，而不是活在大人编织的世界里。真相或许不温柔，但是可触摸，它实实在在，是人世间的东西。

一个病人病得久了，自然会明白一切，不需要正式的告知，不需要足够的证据，疾病在她身上，她当然知道。

而我们为什么要掩饰与欺骗？是以为我们骗得过去。我们忽略了病毒与缺陷在病人身上，我们对此毫无经验与感受，我们省去这个部分去欺骗，也真的是只能骗自己了。

如今能让我释怀失去女儿这件事的原因之一是：我没有骗过她，我没有为她捏造和篡改一个我理想的世界，她脚踏实地地真实地活在这个世界上，没有枉活过。

我很幸运我始终不是一个哀怨的人，也正因为如此，我的内心没有对宿命的埋怨，真真也就没有。无论遇到什么，我们只是去面对它，经历它，它自有意义。

疗愈的旅行走到印尼的时候，已经变了。疗愈，从不在任何的远方，所有的经历——远行、心理咨询，都不在他处，我不过是借由它们来回到自己的心灵世界里，去经历自己心里的黑洞。

至今，距离真真去世已经快四年了，我已经习惯了远行，不是为了什么，也不求得到什么，世界上有成千上万种生活方式，我们在一个时间只能选择一种生活方式，而我只是选择了这种，如此而已。

我还会在路上。真真在我心里好好地珍藏着，时不时浮现出来。会有思念、难过的时候，就让它以它原本的样子存在。我继续远行，她永远都在，就像孩子长大了要离开母亲。她长大了，要完成她新的功课了，但她在你心里，永远都不会丢失。

03

乌布，是随机搜到的。喜欢丛林、自然的感觉，而乌布恰好符合我的喜好。但是到达乌布的时候，发现它还是艺术的天堂，做银饰、雕刻、绘画、满街的画廊……深感意外。乌布被丛林、绿树、松鼠所包围，是我喜欢的环境，不禁感叹，什么样的人就会遇到怎样的生活，不去特地寻找，没有做好计划，随意碰到的旅行生活也恰好是我热爱的。

特地没有办当地的手机卡，不想被手机控制，旅途中就好好沉浸其中，不看手机，不关心当下以外的事。

睡到自然醒，打开窗帘，绿油油的景观顿时让人喜悦。穿着小短裤、趿着"拖拉板"去餐厅吃早餐，坐在池边的位置，看旅行者的嬉笑，小朋友奔跑着追赶松鼠。

酒店管家问我这几天有什么安排，想去哪里玩，是否需要提供帮助。

我还没有想过此问题，回答道："我今天想好好休息一下，明天再说明天的事。"

我想，这应当是旅行该有的姿态。

旅行的时间有限，我们想要看到更多，这是自然的，我也渴望。可是匆忙的、着急的、追赶的、劳累的状态下，即便是再美好的世界，你也是没有能力看到的。

人生短暂，慢慢来，也会觉得快。如果匆匆忙忙，更不晓得会多么快，在我看来，匆忙是不划算的。

我在酒店住了两天，没有去景点，每天去菜市场和便利店，看看这里人们最朴实的生活。我试图站在上帝的视角去看事物——服务生面对客人的友好是不是真的带着爱意，他们在不工作的时候是不是仍然热爱他们的祖国和雨林；旅行者们在离开镜头的时候是不是依旧快乐；街边摆摊的阿婆有没有为生计所困，他们的幸福是不是与收入无关——这是我所在意的旅行生活。建筑多么宏伟，景点多么另类，都与心灵无关，慢慢地，岁月会忘记它们，但是你在这里曾经有过的心灵感受会录入你生命的史册。

04

包了一辆车，司机的英文还不错，他问我，你的行程是什么？

行程？

不知道。我告诉他我们就沿着海边走，看到哪里不错就停下来。

我们就这样开着车走着走着，偶遇美丽纯净的海滩，游人极少，许多当地人在这里度假。或许很多人经过这里时会问，这是哪里？

为什么要知道是哪里？走着走着就到了，待着待着就爱上了，我到现在也不知道它的名字，也许它本就没有名字，去的人多了，成了"著名景点"才需要名字，其余的地方，都叫"大海"。

很多美好，是因为你走着走着，遇到它了，它才美好。就像偶然的爱情邂逅格外美好。

美好，就是你没有计划过，你不曾设想过的人生。而预知了的，被写在攻略里的，被他人定义的美好，像是花瓶，是挺好，但看过即遗忘。

在这片纯净的海滩待了一个下午，司机问我要不要去别的地方，他说别的游客一天要去好多地方的，我说，等我玩够了，我们再去下一站，他笑笑说，好吧。

他忍不住想帮我拍照。

我也忍不住觉得他很可爱。

印尼的海很蓝，与我见过的所有大海都不同，我站在海边，遥望着远方。我常常想去看看海的尽头，我知道一定有尽头，可我从未见到过，也不知道如何去寻找它。尽头是什么样呢？是有岩石和海岸线阻断它吗？

这成了我遗愿的新一条——去寻找海的尽头。

我拎着鞋，脚丫子踏进冰凉的大海里，不在意湿掉的裤子。挂在胸前的装着真真骨灰的项链也好像有了生命力。很多时候，我觉得它像是我的心脏，有它在，我有了不一样的感受，我体验到的世界，也无法抹去真真在我生命中的痕迹。

你看，失去也有失去的力量。

05

有些咖啡爱好者对猫屎咖啡有着偏执的热爱。印度尼西亚是猫屎咖啡的家乡，自然是不能错过的。

酒店可爱的服务生每天都会在早餐的时候和我聊几句，她对我的好奇来源于为什么一个人旅行，我每天都会和她多聊几句，我问她关于猫屎咖啡的事，她说明天她休息，可以带我去猫屎咖啡的工厂和麝香猫生活的农场。

真正纯正的猫屎咖啡真的很贵，我忍痛买了 300 克之后就忍不住想要去看看这只猫了。虽然我真的很怕猫，但对猫屎咖啡的"主人"充满了好奇。

"毛产"猫屎咖啡的猫，翻译成中文，我们喜欢叫它麝香猫，在我的再三请求和表明来意的情况下，农场的主人让我住在农场，去深度认识这种奇怪的猫。

它和普通的猫长得一点也不一样，更像是海狮，很庞大，为了让它自然生长，农场主不会把它关起来。它在白天的时候眼睛基本上是看不到的，所以它也不会随意溜达，几乎一直卧着，所以我才敢亲近它，看它的眼睛，看它呼吸的样子。因为麝香猫是有攻击性的，所以天一旦黑了，农场主人就要求我一定不可以出来，纵使是主人，他们靠近晚上的麝香猫也是需要穿着防护装备，手里拿着工具，以防麝香猫突然攻击——在正常情况下，麝香猫是不会攻击农场主人的，但是人类终究无法完全地掌控动物，所以要有所准备。我们会在天黑之前吃完晚餐，将院子里的物品都收回屋内，在房间里待着。

天黑后，我会趴在玻璃上观察麝香猫的举动，它靠近我房间的时候，我感到了微微的震动。麝香猫很庞大，身高大概一米，它在院子里溜达时会有明显的声音。

我在农场住了一周左右的样子，每当夜晚到来，我就躲在房间里目睹着麝香猫的行动。晚上，它的眼睛明亮，非常敏锐和敏感，一点声响都会引起它的注意。我胆战心惊地与它隔墙相处，很是刺激。

麝香猫在印尼叫椰子猫，其实是一种狸。印尼人说麝香猫才是咖啡鉴赏大师，真正的、野生的椰子猫只挑最熟的、味道最好的咖啡豆食用，这也使得它们粪便中的咖啡豆成为精品中的精品。印尼的椰子猫已是稀少的动物了，作为拥有庞大身躯的动物，它的食量却不算大，在其排泄物中挑选咖啡豆的指标更是极为严格，每斤排泄物中能够使用的咖啡豆只有一百多克，经过烘焙之后会更轻，因此产量很少。

农场主人说早年也有一些生活在云南的印尼人将麝香猫带到中

国去养育并且制作猫屎咖啡,他们虽然模仿了极为相似的本土化生存环境,可毕竟是不同的,土壤、水质、环境都与麝香猫的故乡不一样。麝香猫虽也可以生存,但它们产出的咖啡豆是截然不同的,没有好坏之分,只是味道不同。

去过很多地方,绕来绕去竟发现人世间的真相都大同小异。人和麝香猫也是一样的。我们想建立一个一模一样的环境,觉得可以代替原本的样子,其实不能,不同就是不同,无法假装相同,我们只能接受不同,虽然与原来的样子不一样,但是它是另一种存在,这种存在也有它的意义。

要走的那天,农场主人给我喝了印度尼西亚主要生产的十几种咖啡,我们聊了很多,关于咖啡,关于我对印尼的感受,关于我们不同的生活。我想,这是旅行生活最让人着迷的地方,不是它的美丽,是它的日常。常常,让我们心动的不是"刺激",是"平凡"。

06

很长时间以来,我都对自己有困惑,大理已经那么美了,我为什么还是对外面的世界上瘾?

在这次旅行中,我突然有了答案。

似乎是我们默认旅行是为了追求"美",所以,我们总是在寻找更美的地方。

然而,大理已经满足了我对"美"的几乎所有的欲望,坦白说,去过那么多的国家,如果单从"美"的角度讲,并没有什么地方比大理更美。

这个阶段的我,"美"已经不是我寻找的东西了,是"不同"。

我相信每个人都是有野心的,有人对成功有野心,有人对金钱有野心,有人对食物有野心,而我,对"体验"有野心,我非常不满足于我已知的世界,当日常生活能够给予我更多的养分,我就开始渴望另一种生活,而旅行,必然是成本最低的一种。

我已经停止了对于"美"的寻找,当"美"变成日常,"美"对我就已经不具备吸引力了。我想体验的是,这个世界上,在我不知道的地方,和我不一样的人,他们是如何生活的,他们是如何理解这个世界的,而我体验过后,或许会对世界有新的认识,这份认识让我在苦难中不迷失,有更多的力量去接受。

我需要始终对世界有野心,才让我始终对生命怀有敬畏和理解。

这一趟旅行完美收官,我的生命又多了一次奇妙的体验,我不再使用"好"或者"不好","正确"或者"错误"来理解这个世界,我理解的方式渐渐地变成"快乐"或者"不快乐"。很多时候我们很难用一种标准来诠释"正确与错误",但是,快乐还是不快乐,你一定是知道的,这种评判标准最客观。

> 总有一天我们都会死去,
> 但是除了那一天以外的岁月,
> 我都活着,
> 活生生地,
> 鲜活地,
> 满意地,
> 喜悦地,
> 按照自己的意愿活着,
> 就很好,
> 那一天,
> 也就变得不再重要,
> 因为其他的岁月,我都不曾辜负。

写给真真

在你离开的很长一段时间,我都沉醉在"失去"这种感觉中,它就像我手里紧紧抓住的沙子,我仿佛要试图抓住你的余温,在遗愿清单里和你保持连接。我有时想，你写下这些遗愿的时候其实知道手术成功率不高，纵使成功，也不会像正常人一样想做什么都可以做，那你写下它是不是也是给我一条生路。然而快要走完这条路的时候，我已经放开了手中的沙子，我知道，它终将是要流向它该去的地方的，过去的岁月已经渐渐远去，而我对于世界的重新理解成了你留给我的财产。

快要走完这条路的时候，我已经放开了手中的沙子。

真真
带着女儿的遗愿
去旅行
Zhen Zhen

第十一章　新疆

XINJIANG

我从 21 岁开始在临终病房工作，在不计其数的生命告别的故事里，我始终告诫自己去当好一个陪伴者，不干涉、不批判、不教导的陪伴者。在他们的故事里，我看到了生命的共性——怎么活都得死，怎么死都会带来悲伤，怎么活都有快乐和痛苦，活成什么样，都有人不满意，多么用力地活过，总是有遗憾，无论这一生是怎样的，也总是不够。

慈悲的表达方式有很多种，在这份陪伴中，我的慈悲是：我不能完整地理解你，但也不定义你。我不滥用共情，我没有经历过，没有资格高谈共情，我只是在这里，没有任何条件地陪伴。

你没有经历过我的痛苦，没有资格劝我坚强。

你没有经历过我的人生，没有权利做一个法官，当你有幸经历了我的人生，你就不想再做一个法官了。

——纪慈恩

广阔的边际，愿我们终将原谅世界

真真手术的那天，计划早晨 8：30 进手术室，7 点多的时候护士来做一些术前的准备工作。此时，真真翻看着 iPad 里她收藏的新疆美景照片。在踏上新疆之旅前，我特意翻看了 iPad 里的照片，没有壮观的景色，都是一些村庄、木屋、小河、流水，突然明白了一些什么。

那天，她发现我看着她的时候，她也抬头看了看我，欲言又止。当时的我，有些焦虑，马上要进手术室了，未来未知，这是最后说点什么的机会，而我却看着时间一秒一秒地流走——她走后的这些年，很多学生问我是如何做到想做的事马上去做，我总是淡淡一笑算作回答。如果你的一生中有过很多次以秒作为单位的经历，你便会知道马上去做意味着什么。

当护士通知要进手术室的时候，真真突然紧紧地抱着我，任由 iPad 掉落在地上。她哭得很小声，当时的我并无觉察，只是在她被推进手术室后才感觉到衣服湿了。她说了简单的两句话，"妈妈，对不起""妈妈，我爱你"。当时的我并没有完全领会她的意思，直到在她的追悼会上，所有人都已散去，只有手术团队的人低头沉默不语，大概有 20 分钟了吧，是我主动打破僵局，我说："别这样，我知道你们已经尽力了。"主刀医生 Baron 说："我当然尽力了，我从来没有这么尽力过。"他告诉我，在手术前真真去找他，她求他一定要手术成功，Baron 医生以为她怕死，他问真真："你害怕吗？"真真说："我害怕啊，我怕妈妈好不容易把我这样的孩子养大却又失去了我。"她求医生帮她活下去，只要超过 18 岁就可以。Baron 医生对我说："我迄今为止做了 20 年的心脏手术，从没有一次，我害怕做手术，手术刀掌握在我的手里，我却束手无策。"

我也明白了真真那句"对不起"是对妈妈养育的亏欠，只是我再也没有机会告诉她，我心甘情愿。

但我从不走回头路，我从不在过去的已经无法逆转的事情上沉沦，我选择向前走，用"好好活着"的态度来让她有机会感知到那份心甘情愿。

于是我再一次上路了，带着真真的骨灰，去看她 iPad 里那些平凡的村庄和河流。

01

飞行了6个小时，到达克拉玛依。晚上10点，天还是亮着。我常常感慨大自然的奇妙。

在克拉玛依完成一场演讲后，开启一个人的旅程。

听者总是喜欢说"我明白你的感受"。

我都不明白我，你又靠什么明白我？

我接受过很多纪录片的拍摄，纪录片，只能记录事件，不能记录感受。导演问我，十几年前，朋友安乐死执行的那天，你的感受是什么？呵呵，昨天那件事的感受我都不一定能准确描述，我怎么会记得十几年前我的感受。

多年之后，所谓感受，更多的不过是你希望的样子罢了。几年前，有人问过我，对于安乐死那件事的创伤后应激障碍，是否完全治愈了？当时的我斩钉截铁地说，是的。后来我想起这件事的时候，我觉得是这样的：我必须得说我康复了，我曾付出了那么大的代价去面对自己的伤口，那些历历在目的疼痛，那些心里的黑洞必须要穿越的决心，只有康复才对得起这一切的付出。

"我治愈了"不过是我希望的样子。

情绪会过去，经历不会。发生过就是发生过，你经历了一件事，有了一种感受和情绪，可是你也在继续生活，这种感受和情绪会滚入生活里，和其他感受混合在一起，你已经分不清，你此刻的情绪究竟是哪件事带来的。所谓创伤已经和生活变成了一个共同体，没有办法拆分开来。治愈就是你可以坦然地面对它，但绝不是一笔勾销，也无法勾销，人一辈子都会带着所有的经历一起生活，不可能区分。

这本书快要写完，对于真真的离开，从迪拜的跳伞到新疆之旅，早已有了很多次不同的理解和定义，我"知道"的仅仅是社会层面的事情，对于世界的真相，我想我永远"不知道"，"不知道"就是我的回答。

02

新疆，在我看来是一个很神秘的地方，路上遇到的旅客在赞美新疆的景色的同时总是不忘埋怨自己的城市。很遗憾，我们一面赞赏着科技的便利，一面憎恨着它对自然的破坏。我们一面践踏着自然，一面埋怨它不够宽容。

在新疆，穿越山林、田野、乡间，偶遇牛羊、星空、草原，不向自然狡辩，无条件地接受它以这样的方式存在，不问为什么。

我包了一辆车，没有行程安排，开到哪里就停在哪里，明天的事明天再说。

司机说："一个人包车不划算。"

我笑语："划算，不是我人生的主题。"

他似懂非懂茫然地应允。他虽不懂，但也尊重，他从不向我建议什么，也不说其他游客都会去哪里哪里，他看出来我不需要，也尊重这份不需要，很有力量和气度。谢谢你。

在大部分时候司机师傅都很沉默，后来熟了以后他说我是他载过的旅者里可能一辈子都不会忘记的人。

能成为陌生人记忆里不会忘记的一段经历，也是我的幸运。岁月流去，长相、年龄、职业都已经不记得了，但他还能记得那人说过的话、走过的路，和那自由自在没有目的地的旅程，不失为一种欢喜；我知道我在他人的生命中留下过痕迹，也很欢喜。

走到图瓦人的村落里，游人稀少，漫山的蒲公英飞落在脸上，我不忍心拍散它，想起真真小时候喜欢在泥潭里玩耍，旁边的大人总爱说"多脏呀"，真真傲娇地说："脏了洗一洗不就完了嘛。"是啊，成年人的世界总是盯着利弊，却忘记每一段经历都在生命中留下痕迹，那份痕迹才是你行走一辈子的筹码。我向着蒲公英飞行的方向追去，它在脸上短暂停留，又散落在大自然中。

我住在小木屋里，关门的时候会有咯吱咯吱的声音，脚踩在木质地板上也能听到的声音，偶尔听到鸟鸣声，闭上眼睛，静静地享受它的歌声，不去追问是什么鸟，去了哪里。

下雨的时候，我向村民借了一个较高的凳子。坐在老旧的，坑坑洼洼的凳子上，打开窗户，看外面的雨。还从未有过这样的体验，在高山之上的村落，看自然发生的一切，不催促雨快点结束，也不期待什么，发生什么就好好体验什么，大概这就是生命的意义吧。

雨下了多久，什么时候停的，我不知道，在生活深处，不需要时间表。雨停之后的新疆，格外美，阳光折射到湿漉漉的地面，形成特有的景色，比起景区宏伟的建筑，我更爱慕这平凡。

新疆的马好似比其他地方的马更像马——不问人间事，不受人的控制，不着急回家，专心吃草，我好像也慢慢地成为它，不管世界发生了什么，专心快乐。

我想我喜欢的并非是乡间生活，我真正喜欢的是世界本来的样子，它是什么样，我都接受，世界是我自己认识的，不用任何人告诉我。

04

开车经过薰衣草盛开的地方，成片成片的紫色，在蓝色的天空之下显得格外美好。

农妇们在做活,她们聊着天,时不时大笑,我走下田去和她们一起干活,被阿嫂们称赞农活做得不错,她们感叹很少有年轻人愿意下田,更别说完整地做一件活了。

我说,是啊,但是他们的工作对今天这样的科技社会来说也是具有非凡意义的,我们都在社会中扮演一些角色,挺好的。

阿嫂们欣慰地笑。我没有说出口的是:然而城市里的很多年轻人并不像你们这样热爱自己的工作。

这是令人遗憾的,如果人人都热爱自己的工作,我们确实算是分工不同。在我看来工作内容没有高低贵贱,而真正的高下之分大抵就在于你如何对待你的工作吧,你凑合地对待自己的工作,也就是凑合地对待自己,这是遗憾的,也是我们与阿嫂们的不同之处。

这已经是最公平的一个时代了,我自幼就明白付出过的人生才有资格讨价还价。想要的自己去努力,没那个本事就认怂,认怂也是一种能力。

和阿嫂们一起回程的路上,她们问我,大理有没有薰衣草,我说有的,但与新疆的不同。阿嫂们给我讲土壤、空气、水质、地域、品种和植物的关联,没有说好与不好,就是不同的地方养育不同的物种。就像每个人身体里的基因、细胞、血液都不同,每个人有自己的快乐,不同是符合自然规律的,这就挺好。

鸭子们在戏水,像是成群结伙地出动,又好像谁也没张望谁,不像搭伙的样子，它们穿越硕大的树，掠过小河，走向紫色的世界。所谓同行是我们恰好都要走向一种生活，而不是必须要走在一起，这是我理想的人际关系，竟在鸭子身上找到了。

05

对古朴宁静的村子毫无抵抗力，清晨骑着自行车穿梭在这座小城里，偶遇很多美丽的房子和有年代气息的房子，就停下车来，感受它。

每一处美景，我通常会在离开的时候用十几二十分钟拍照，我喜欢拍照，一张照片像是一部电影里的一幕，它有时间、地点、情节，还有我自己。我把拍照看作一部作品，它是时间老人在你生命里的证据，但我不会花很长的时间，对我来说最重要的还是感受，而非记录。

这些年，我有了一项新的生活内容——寻找古朴的老村子，我也问过自己，为什么喜欢这些苍老的故事？是因为逝去皆珍贵吗？也好像不是，我更在意的可能是生活本身的样子，在这样的村子里我看得到岁月的痕迹，也看得到这里的人的生活。

在新疆时，几乎每天早晨，我都会伴随着日出和红润的天空，骑着小车去周边寻找有生活气息的村子，寻找那充满生命力的实实在在的生活。

06

从独库公路开往乌鲁木齐，一路也是绝美的景色，这条公路连通南北疆，然而成群结队的羔羊把路堵住了，我称之为"堵羊"。隔着玻璃和羔羊对视的一瞬间，看到了羔羊眼里的光芒，我常常观察对比城市里的动物和大自然里的动物，它们的确是不同的，就像人类一样吧，所生活的地方养育了不同的人和不同的灵魂。

遇到高海拔的雪山，我们停下车来，感受它，寒冷，壮观，宁静，无法触摸。

在真真小的时候，我带她去过四川，也像这样开着车，走走停停，遇到美丽的景色就停下来。那次，我们也遇到了非常壮观的雪山，我没有说"你不能下去"，她也没问"我能不能下去"，我们默认这事不需要考虑，她给我递来帽子，像是小妈妈一样嘱咐我保暖，然后隔着窗户看我下车。现在想想，这比问一句"我能下去吗"还悲哀，不需要问，就知道"不能"，她的人生已经被定义了，有些事没有商量的余地，也就不必幻想。

如果我知道她的生命一定会终止在 17 岁，会不会允许她活得更像一个人，而不是一个病人呢？大概会吧，可是问题也就在这里，我不可能知道，知道了可能也不信，那个最糟糕的结果到来之前，人永远都相信能够改变，于是活得小心谨慎。在不确定中做出选择，就是人生的内容之一吧。我只能自己承担起责任来，任何的选择都是我的自由，但对其结果也没有讨价还价的资格。

走到这里，我也终究明白了，过什么样的生活，有病没病，苦难或者平凡都会让人一直不满意，永远都没有那个"最好的时候"。所谓"最好"就是接受"它就是这样"，找到一种与自己和解的方式。生活，就是以真真若有一颗健康的心脏，她会如何活着的样子活着。我手摸着心脏，对它最大的回报就是以自己最希望的方式活着。

回到家的时候，收到器官中心的文件：真真的器官在6个人身上得到了延续。世间最好的爱，就像一束阳光，它纯粹而轻盈，却从不索取。如果我也要回报，便仅想要天国的讯息、真真的安然沉睡。

写给真真

你离开已经快四年了，如果此刻你还活着也要21岁了，应该已经上大学了，过着丰富的生活。可是我也明白，真实的生活，并不是按我所希望的样子来的，我们对于逝去的人的幻想总是会想着那个最好的样子，但事实可能是很多样子，或许你仍然与病魔纠缠着，仍然经历着我此生都没有办法感同身受的苦痛。现在也许是最好的吧，今生的痛苦你已完成了，和妈妈也如期相遇了，你对生命的理解也已经达到了应有的深度，可以谢幕了。这也很好。

真真

带着女儿的遗愿去旅行

Zhen Zhen

第十三章

可可西里

KEKEXILI

独行旅行是我最喜欢的认识世界的方式，比起借助权威的讲述，我更喜欢以直接去理解世界的方式服务于自己，不需要任何人同意。

　　比起别人，我更相信我自己，自己的感受没有办法骗人，快乐就是快乐，不快乐也无法假装快乐，正确对我来说很容易分辨：快乐的就一定是对的。

　　所谓对错，只对自己有效。

——纪慈恩

远离人烟之处，自然真正展现

可可西里，在我看来是最远离人烟之处，这里没有人类世界的一切规则，取而代之的是真正的自然。

我来到人间一趟，只想看到它原本的样子，甚至无关舒不舒适，快不快乐。就好像野生动物，它们生活在大自然里，以自己的天性活着，没有谁规定它们要如何活着，意义是什么，它们就这样以最天然的方式活着。我们不需要以对错、好坏的标准要求动物去改，因为我们知道它们就是这样一种存在，我们看过，知道世界有这样一种存在，就好。

我要的正是这份"知道"，痛苦、失去、死亡，对我来说，也仅仅是那份"知道"。

可可西里，便是以自然规则和本能生存的地方之一。它有点像老子和庄子的思想，"闻在宥天下，不闻治天下也"，任由世界自然地发展，没有听说要对天下进行治理。

01

去往可可西里的路真的很遥远。

这是我早已知道的,我早已知道人生的路容易去到的都是平庸的,值得去的地方都没有捷径。

幸好,我很早就对捷径失去了热情。

我从大理坐高铁到达昆明,从昆明飞往西宁,在西宁包车前往可可西里。

途经青海湖。

青海湖无疑可以算得上中国最伟大的湖泊之一了,它的浩瀚与辽阔让旅者常常庆幸自己是旅者。它与洱海不同,洱海给我的感觉是它是属于我们生活在这里的人,它好像只属于某一些人,带着很强的个人色彩;然而,青海湖却是属于宇宙的——是的,这是我第一次见到青海湖的感觉,它是那样无私而寥落。

正逢暑假,知道青海湖一定人山人海,于是特意和司机说我们绕过青海湖,直奔无人区。

然而也是在特意要略过青海湖的线路中,遇到与众不同的青海湖。为了避开人群,我们走了一条人烟稀少的道路,却看到稻田与湖泊,现代化的公路与民族气息,像天空与远方的完美结合。

这里没有人，有一种无人区的感觉，小贩和叫卖的也没有，我远远地望着青海湖，那种深蓝真的给人极致的疗愈。

02

我的目的地是可可西里，便不打算停留在途中。

一路上开车路过淳朴的村庄、和谐的农夫农妇、像大自然养育出的朴野的孩子、成群的牛羊、骑着摩托车从牛羊身边飞奔而过的年轻人……我看来，这是真正的景色。

旅途的景色怎么会在被圈起来的景区？就像动物一样，一旦被圈起来，虽然它还是它，但天性已离它遥远。而景色呢？一旦被管理和人为化，它的美就失去了它天然的样子。景色失去了自由，它的特性也就不复存在。

我不喜欢被圈起来的景色，就像我向来不喜欢他人告诉我我的人生应该怎么活。

遇到一片盐湖，不知道它叫什么名字，可能没有名字吧，它就是这样存在在这里，没有人知道它，也就不需要有名字了。

开车走了两天半，进入大柴旦以后就渐渐有无人区的感觉，很少见到人，做伴的只有大自然与动物，我想，这就是真正的旅途。

在路上，我开始想象人类最初的模样，没有社会的属性，没有政府的管理，没有人告诉你应该如何活，人的天然生活，是什么样的呢？我所生活的时代是被规则和社会教化后的产物，它很好，只是我对它的另一面也感兴趣，并不想永远这样生活。或者说我对任何一种生活的"永远"都没有兴趣。

历时三天终于到达格尔木。

格尔木，距离可可西里最近的城市，因为可可西里是无人区，没有食宿的地方，所以所有人进入可可西里都必须在格尔木停留，整装后再进入无人区。

格尔木是一座城市，繁华的城市，在我想象中，距离可可西里最近的城市应该是老旧的，落后的，没想到却这么现代化。

当然也无所谓了，世界上没有任何一个地方有义务成为你喜好的样子。

02

一早出发进入可可西里。

从起床开始就很兴奋，像是少女要去见暗恋多年但从未谋面的爱人，满心期待却不害怕失望，因为从未对它有任何要求，只想看到它本来的样子，无论它是什么样子，都是好的。

去可可西里的路很不好走，一路颠簸，也常常没有信号——

遇到这样的状况我反而是欢喜的，它就应该是这个样子。看来，我还是有期待的。

颠了很久遇到一望无际的雪山，司机告诉我这就是玉珠峰，玉珠峰是昆仑山东段最高峰，海拔6000米。

在这片雪山下，我的心异常平静，我让司机往前开，在前方3000米处等我，我就这样，穿着冲锋衣，感受着雪山下的刺骨凉风，踩着脚下坚实的土地，望着对面看不到顶的玉珠峰，内心极其平静，没有想到任何人任何事，只是和大自然在一起。

真真去世后，我写下她的遗愿清单，我以为是完成她的梦想，走到这里，才恍然，从来都没有别人这回事，我所做的一切都是为自己，路途中所有的经历与体验都是"我"。

公益、帮助、爱，也尽是如此，以某种名义，实则为自己服务。

此刻，我在海拔6000米的雪山下，独自一个人走了很久，和动物相伴，和雪山相依，和自己的心灵真正在一起。

过了玉珠峰，很快到了可可西里。看到写着"您已进入藏羚羊的故乡可可西里"的指示牌，那一刻我的心突然变得敏感，敏锐地注视着这里的一切，让自己的心灵变得真挚和简单，用人最本原的心灵去看待这里所发生的一切。

03

真真初中时，有段时间很爱看一些有关因果报应、人类与自然的关系的书和电影，她觉得像她这样先天有病的孩子是在为某些人类的罪恶买单，她长大了，开始对自己的命运有求知欲。

我没有承认，也没有否认，我也不知道真相。我并不打算给她营造一个美好的世界，也不打算因为遭受了痛苦就把世界说得更加恶毒。

我并不是一个活得豁达的人，我也真的在意真真得到的"真相"是否能够抚慰到她的心，但我最终还是给了她一个"不知道"的答案，因为我没有办法把虚构的美好世界变得和真的一样。我们希望童话是真的，可是最终也得走到柴米油盐中去。可可西里神圣而美好，也不是随便可以到达的地方，你得一天天开车颠簸，任何美好的童话都要经受现实的打磨，而这打磨的过程，怎是我可以包办和建构的？造假是会露馅的，不如用真实去创造力量，让她有力量去接受任何结果，让她不再害怕她的伤口，这便是保护。

在真真的成长里，我们会常常谈及宿命与因果、疾病与基因，人性的善与恶。我从不回避，也不刻意掩饰刺骨与黑暗，对一个孩子最大的保护就是让她有力量去面对任何一种真相。因为这个世界不是父母缔造的，走出家门以外的世界，一点都容不得我们编造，真实的世界是什么，会让孩子害怕吗？是我们害怕吧。

她有时会失望，会难过，也会哭，我就陪着她经历她的情绪。我也失望过，失望也是好的，很多时候我们都是通过失望来理解这个世界的；绝望自然也是一种很难挨的感受，可是不得不承认很多的坚韧、力量、智慧都是爆发在绝望之时的。绝望与痛苦很难熬，却也让我们对这个世界理解更深刻。

归根结底，我对自己不够自信，我自认为我没有能力为孩子编织出一个美好且没有漏洞能自圆其说的世界，我也不具备在孩子遇到痛苦和困难时永远有能力帮她解决，那就退而求其次，我选择了更简单的道路——面对真相。

真真被遗弃、有先天疾病、被同学嘲笑，每个阶段她都有过情绪，但情绪会过去，认知也发生了改变，她直至离世也没有下定论，但这个过程中所经历的所有难过与失望、相信与坚守、爱与给予都让她成为一个让自己满意的人，面对生命的逝去，她并不遗憾，虽然她还是不知道自己为什么有病，为什么被遗弃，但她知道她活得很精彩也很坦然，后者比前者重要多了——这大概就是经历的意义吧，至于为什么会有这样的宿命，管他为什么。

最初写下"可可西里"这条遗愿的时候，的确是想来看看真真曾经疑虑过的"有病的孩子是否是为人类的罪恶买单"这个说法是不是真的,但当时间走到今天,初衷早在专注于当下生活的时候忘记了,所谓"不要忘记你为什么出发",也是有条件的,走着走着,梦想会变,这当然可以,何必要死守着所谓的初心。

"最初"这件事在我的世界里不重要,"当下"才是一切。

04

对可可西里的印象还停留在手持冲锋枪的盗猎者、被猎杀的藏羚羊以及因反盗猎而牺牲的索南达杰,而今天的可可西里已是一片祥和安宁,禁止一切团体和个人以任何理由进行探险、非法穿越等活动,所有的车辆进入可可西里都需要在公安机关备案,那血雨腥风的可可西里已经是久远的事了,然而在藏羚羊的心中,对于人类的恐惧是否也已经过去了呢?

今天的可可西里,藏羚羊都在人很难见到的地方生活着,偶尔看到的藏羚羊也会在觉察到有人和车的时候迅速消失,人世间大部分事都很难清零吧,现在人类对于藏羚羊的保护无法消除它们曾经经历的残暴,很多事都无法抵消。

但不管怎么样,在远离人群的地方,藏羚羊、野牦牛、藏原羚等珍稀野生动物可以安然地、自在地、以它们应该有的样子在它们的故乡自如生活。

现今，在去往可可西里的路上会看到城市里从未见过的军用坦克，一路都有扎营的军队帐篷——或许是这样的保护，让藏羚羊们又重新相信人类。

来到可可西里，我远远地见到了藏羚羊的身影，它们以超人的速度飞奔着，我看不清它们的样子，也不想窥视它们的生活方式，就这样远远地祝福。愿你们安好，也愿人类不再以掠夺的方式满足自己的欲望，不管面对的是藏羚羊或是其他。

写给真真

真真，妈妈带着你来过了可可西里，对于你曾经的疑惑也有了答案：每个人所做的一切都有相应的结果，可是不是当下。我其实并不喜欢"报应"这个词，没有错过，我怎么会知道对的是什么？所谓犯错，只是我不知道而已，我知道了，就去改变，改变的过程可能付出了很多，但那不叫报应，是我为生命经历的一切。

今天的可可西里已是一片祥和安宁。

真真

带着女儿的遗愿去旅行

Zhen Zhen

第十四章　大理

DALI

灾难从不是最不幸的，最不幸的是已经付出了这样的代价还认为一切都是别人造成的。

如果你所有的机会都使用完了，

不是世界该向你说声抱歉，

是你该向世界说声抱歉：

我没有好好地爱自己，

如果可以重新再来，

不是要这个世界更完美，

是我要更敬畏我自己。

——纪慈恩

我的第二故乡

很多人问我为什么会定居大理。我很难说清楚。如果因为一个原因而定居大理，那样的生命状态可能是我不满意的。具体的"原因"，它多数情况下是一种"逃离"：因为现状不好，我要逃离当下，去选择更好的地方。这是我不认同的生命态度，因为远方也一定有新的"问题"，你在这里不愿意面对这里的"问题"，那到了他处也没有能力面对在他处的"问题"，人还是你这个人，生活也是由你这个人来过。我从十几岁开始就明白，一个人过得不快乐，不是这个地方让你不快乐，是你没有经营好自己的生活而带来的不快乐。

移居大理，没有什么原因。我在北京生活了七年，这一段生活要教给我的以及我借由北京对人生的理解和探索，已经完成，我就该走入人生的下一个阶段。这并不是在"好"与"不好"之间的抉择，就像你选择吃南瓜不是因为红薯不好，而是今天就想吃南瓜，想体验一下红薯之外的人生。

我选择在这里生活是因为恰好此时的生命状态适合这里，我不喜欢原因与理由，"就是到这里了"，大概是我唯一的理由。

我一直觉得人应该有两个故乡，就像人应该有两个名字一样。我们生于一个地方，被父母赋予他们希望的意义，这是生而为人需要经历的，我尊重它的存在；但同时，我自己在这个世界上活着，有我认识这个世界的唯一性——我理解到的世界就是真的，我与世界相处的过程中的感受不受道理控制，"正确"可以支配行为，却无法改变心灵。

我有一个自己给自己起的名字，他人希望我是一个怎样的人本与我无关，我接受，却不打算遵循。

我来到一个让自己有归属感的地方，我称之为第二故乡。

01

移居大理有很多影响因素，而最终做出决定是因为真真说她不想死的时候想起自己的一生只有病房和与命运做斗争。

那年她 15 岁。虽然当时她身体状况良好，但，她这样的孩子，无论此刻身体状况如何，头上都悬着一个结局——她的那一天，比我们早，比我们随机。

我们是在 2014 年正式定居大理的，真真只在大理生活了两年，确切地说，是一年。2015年她就病发了，开始了几乎不能出门的日子。2016年，她度过了她身体状况最艰难的一年，最终没有扛过手术，在17岁的时候离开了这个世界。

在我们收拾行李准备起程去做决定她生死的手术之前，真真望着窗外，哭了。她很少哭，事实上是——哭会浪费她的体力，使得呼吸和大脑的循环都受到影响，她的身体状况不允许她哭。

她很不舍得大理，她还没有机会好好体验大理的生活。

我在大理买了一套房，为了给她一个家。在跟我回家之前，她从一个福利院到另一个福利院，从医院到寄养家庭，跟我回家之后也是在出租屋，不停地搬家。我努力买了一套房子，希望给她一个家，她也非常非常期待。她一生中，还没有过自己的家。遗憾的是房子还没有交付，她就离去了。

我那么用力地热爱我所经历的所有的生活，是因为很多时候只能如此。苟且地活着对我来说更难。过上自己满意的生活，才觉得有必要活着。若有一天需要委曲求全地服务于生活，对我来说，死则更容易。活着不是我人生最重要的目的，如何活着才决定着生命的继续有无价值。

而大理，是我目前去过的所有地方里最符合我人生态度的。

2014年的大理还没有被人们熟知，我们常常混迹在人民路，那时的人民路还是一片祥和：木器店的老板在屋内做着活，有人来就聊几句，不推销，客人也不还价，他们尊重手艺的价值，木器虽是商品，又不能只把它当作商品；酒吧的老板戴着昂贵的耳机，闭着眼睛，每放一张碟片就用他特有的捕捉音乐的神情试图判断出音乐的灵魂——白天的时候，我去找他，他常常如此。我常常带着书在他店里阅读，他挑选着音乐，我借着光。

那时候的我常常去尼泊尔徒步，回国的时候扛上一大袋在尼泊尔淘的包包，到人民路摆摊。起初在大理认识的朋友大多都是"摊友"，晚饭后我们陆续开摊，有的人是为了生计，但大多数不是，摆摊，是那个时候大理的一种生活方式。

我隔壁摊是一个 23 岁的女生，她叫小朵，那时刚来大理一年，经历她的"间隔年"。她自己做黏土设计，做了很多很好看的玩偶、胸针、摆件，我们常常一边聊天，一边卖东西，有时还搭到一起卖。真真放学后，也会来帮我们摆摊，小朵常常给她讲她的背包客生活，她讲印度、巴西、古巴，讲得绘声绘色。她鼓励真真努力治病，说外面的世界值得她为此付出更多的努力。真真去世以后，她告诉我，其实她当年讲给真真的故事都是她编的，那些地方她都没有去过。我躺在她的怀里，哭了。我紧紧地拉着她的手。"故事是假的，希望是真的，她真的相信过，也真的努力过，为你所编织的世界。"

当年的人民路还没有规范化管理，偶尔会有城管出没，有一天，一大哥在前面开着摩托车，突然喊起来："哎哟，我的车坏了，谁有工具呀！"紧接着和在他后面的城管道歉："不好意思啊，过不去，等一下，一下就好了。"这时只见摆摊的起身收摊。小朵一声窃笑，我还摸不着头脑，她说："你看不出来吗？那大哥故意假装车坏了，拦住城管，给我们时间收摊。"

他感觉我们收得差不多了，假装修了几下摩托车就骑走了，城管自然也看出来了，只得无奈离开。

过了多少年，我仍然能够讲得清楚那天的每个细节，只因它太特别了。这就是那时的人民路，真的很美好。

后来，我和人民路这帮人都成为很好的朋友，我们常常在农场的篝火旁喝酒到半夜。在真真离开之后，他们常常带我去玩、去露营、去跑越野山地赛、去骑行，他们什么都没说，没有无力的安慰，没有"一切都会好的"这种空空的话语，只是一起去做我们喜欢做的事。

02

有很多人说，大理变了。

变了，是我们对所有"不满意"的一个最容易的评价。

人们所说的"纯净"的地方，我去到过。

在西双版纳的一个寨子里，再让我去一次，我也不一定找得到。那是我徒步至版纳，一个个寨子随便逛到的，不知走了多远，也不知道它叫什么名字。这个寨子里没有公共住宿，也没有餐厅，甚至没有菜市场——村子不大，各家种着什么菜大家都知道，有人家磨豆腐，有人家养猪，有人家种茄子，想买什么就去那人家里买。大部分的成年人都不会说汉语，只有小朋友会说。我最终在小朋友的"翻译"下，表明来意，希望能够住在寨民家，第一家就同意了，80块一天，包三餐。他们都是大通铺，用屏风隔着，村里的公共卫生间，离这家100米。

这里是真正的傣族寨子，没有经过任何修饰。这里的村民几乎没有见过外来人，葆有了最初的没有被科技社会所影响的傣族的生活。可是此地生活也真的是不方便，条件有限。

后来，我问过想要去到"纯净"的地方的人，你真的喜欢"纯净"吗？他们都沉默了。

沉默的原因我想是——"纯净"是要付出代价的，我们当然都喜欢纯净的感觉，但是不一定都愿意付出代价。

大理并没有比北京更好。

我不擅长使用"好"与"不好"这样的词来形容事物，我自认为还不具备这样的能力，因为世界是辩证的，我不常有能力看到它的全貌。

大理自然是享有了独特的地理位置和气候，但生活不够便利，科技不发达，发展相对落后。在我看来，这些是匹配的，北京也如是，它空气、环境的不够好不过是为科技的发达、为我们乐在其中的现代生活而买单，本质上，它们并没有不同，因为有了 A，所以必然得不到 B，这是世界运作的正常规律。

大理与北京，没有哪个是"更好"的，它们只是承担了不同的社会属性。

终此一生，我从不认为幸福是靠找到"完美"的地方而获得的，任何一个地方都不会满足人们的所有需求，而这或许就是活着的意义吧，你想要的一切终归是要靠自己实现的，你所期待的生活也是要有所付出的。

我很喜欢北京，它给予了我很多的可能性，那些年在北京，我混迹于不同的戏剧社团、马拉松圈子，它们给了我看待世界的无限视野；我也很喜欢大理，它让我看到人活着有很多种可能，只要你有能力敬畏每一种生活，它们都可以带给你奇迹。

但我知道，我依然还是会上路的，北京不是我的"过去"，大理也不是我的"永远"，它们都是为了服务于我来理解这个世界。

所以也就不存在好与不好，不过是——此刻、这个阶段的我，在这里，借由它们实现自我。

03

如今的大理没有更好，也没有更糟，这样说更合适吧——当你已经不把它当作一个旅游胜地的时候，它就变得平凡，你知道这里的一朝一夕，一天一地，一草一木，一人一马是什么样子的，你敬爱这份沉默，也在此找到归属感。

对于旅游胜地，我们在意的是宏伟与壮观，它能够在很短的时间内让我们感受到那份震撼，然而"震撼"却不是生命的主题，我的故事常常令人震撼，可是震撼的背后却是无尽的辛酸。回到生活，揭开"震撼"的面纱，平凡的日子才是真相。

阿芒是一个服装设计师，虽然她常常说她只是一个裁缝。她有一间工作室，她一边做衣服，一边生活。

大理的很多工作室都不是简单地做买卖，我常常去她店里，试试衣服，喝喝茶，聊聊天，她在帮我改衣服的空隙聊聊最近的生活。我们常常忘记了时间。我还清晰地记得我喜欢她的那个瞬间是，她说她很不喜欢游客对大理的批判，大理没有欠任何人，也没有义务建造出所有人喜欢的样子。

她有一只猫，我告诉她我很怕猫，她什么都没有说，也没有像其他人一样给我"洗脑"说一些"它不咬人"之类的话，我来的时候她就把猫关在房间里。她不理解我为什么怕猫，但她尊重他人不同的感受，她喜欢的东西不要求别人也喜欢。

大理是平凡的，不是乌托邦，也并非不可思议，我们常居于此不愿离开，是因为在这里生活的人，他们不要求你变成他们喜欢的样子，你活成什么样都是可以的，他们也尊重大理原本的样子——它就是这样，我们就臣服于此，好好地生活。

大理天亮得很晚，要八点才差不多全亮。起得早的时候，我骑着山地车在苍山大道飞奔，闻得到苍山的味道，看得见洱海的流动，偶尔会遇到骑行队伍，相互一笑。

曾经有几年沉迷于马拉松和徒步，一座山一座山地征服，是那时最重要的事。我是在徒步的时候认识我的男朋友Gavin。大理有很多长居的外国人，他们多是手艺人或艺术家，Gavin是一个木雕艺术家。工作以外，他热衷于各种极限运动、徒步、攀岩。他的很多朋友在攀岩之前都会写好遗书，他们以攀过一座山为生命的本身，能不能活着并不是很重要的事。我常常坐在一旁像小"迷妹"一样听他们讲攀岩的故事，虽那是遥不可及的世界，但你知道世界上有人这样生活，也真好，世界的伟大尽在不同人身上的光辉里。

我在大理爱上做饭这件事。

骑行回家开始准备午饭。我很少做重复的饭，每天都研究新的菜品，不停地头验。有时候我和 Gavin 会将食材写在纸上，不停地搭配，像是研究摩斯密码一样去研究食物，包括颜色、用油量、健康程度、观赏性、营养的全面性。

我们家住在山上，外卖 180 元起送，走到山下需要半小时，生活的不便让我开始习惯自己种菜、做饭，自己动手解决生活问题。渐渐地，我喜欢所有事情都亲力亲为，这让我觉得是我自己"亲自"在活着。

周末的时候我们常常混迹在市集。

市集是大理的日常。

大理的朋友们很少会约聚会，大部分时候我们都会在市集遇上。

市集的摊位首先要求是原创，所以这里聚集着大理的手艺人、设计师、艺术家，他们将自己的作品拿到市集上摆摊，更多的是一种展示，借由物品去传达自己的生活态度。

每期市集都会有一个主题，会请乐队来，有时有篝火、蹦蹦床。我们常常在农场跳舞，歌唱，聊天，喝酒，我们很少吐槽和抱怨，不是只愿意美好，是知道人活着本身就是如此，成年人应该为自己选择的生活承担所有的责任。

　　我常常在市集一待就是大半天，从下午开始到夜幕降临。大部分的摊主我都认识，像是去探望老朋友。在每家摊位边帮着营业，聊着天，遇到熟人就一起吃东西，拿着串串在篝火旁胡乱地跳着舞，跳得对不对不重要，重要的是此刻的我们是否全然沉浸其中。

　　在市集，常常能回到当年在人民路的日子，我们不过是换了个地方和形式，仍然以我们自己喜欢的方式生活着。在市集，常常觉得大理从未变过，还是十年前的样子，那种肆意的生活还在。

　　你若问大理究竟哪里最吸引人？

　　我想，那便是尽情地生活，以自己最喜欢，最投入的方式。

04

　　有媒体来大理采访我，导演说，有很多从北上广来到大理定居的人，在这里生活了几年，最终还是又回去了。

　　我早年在北京的医院工作，面对临终病人时很无力。面对一个即将逝去的生命，我能够做的实在太少，而面对病人对于死亡的恐惧，其实我也只是佯装坦然。那个时候，我所生活的世界无法让我有更广的胸怀，读书、毕业、工作，生活的奔波，按部就班的日子……这样的我，在面对一个逝去的生命时，要坦然，实在太难。

　　后来，我去特蕾莎之家工作，去肯尼亚做国际义工，去了埃及、撒哈拉沙漠，跑了越野马拉松，超极限完成了徒步，在墓地露营，跳伞……我对世界的理解已经不再是城市的范畴。之后，因为一个特殊的案例，我又回到了北京的医院工作了半年。再次面对生命的逝去，我竟很少感到无力。它就是会发生，发生得合情合理，死亡，带来的是思念与情绪，却从不疼痛。我也终于正视人类的渺小，面对这个宇宙，我们能做的实在太少。

"我很难过，但是我接受。"这是一位老者在他清醒的时候说的最后一句话，我看着他昏迷，停止呼吸，被殡仪馆接走。一切都发生得那么平静，我们在默默流泪，却不感到悲伤。

主任当时在开会的时候说过一句话："我们真的不能随便假装坦然，坦然是最无法假装的。作为医护人员，你如何理解死亡，都在你脸上写着，它会传达给病人，你介意死亡，病人就介意。"

周游过世界，我还是回到了如当初一般平凡的岗位，可我带给病人的却和当初的完全不同。

对于看客来说，来到大理又回去的人叫作"瞎折腾了一趟"，可是世界上怎么会有"瞎折腾"这件事呢？所有的旅程都有生命，你走过的路会自己生长。

我在大理的一个好朋友梅姐是汶川地震的亲历者，她的妈妈、两个孩子都在地震中丧生了。她和她的邻居一样，在很长一段时间里不知道靠什么活下去。她最好的朋友自杀之后，她躲在家里，不想面对这个世界。

而最后拯救了她的是她十年前的爱好。十年前，她误打误撞跟着一群摄影爱好者在山顶拍摄日出日落，她花了很多钱买摄影器材。靠这个赚不了钱，成不了名家，她一早就知道，可是这件事就是让她有治愈感。震后，在她最走投无路的时候，她想起十年前那段经历，于是翻出很久没有用过的摄影设备，独自一人踏上了拍摄之路。在到达大理之后，她深深爱上了这里。她还是不能靠摄影为生，可是她找到了生的希望。

所有走过的路都保存在你的生命中，从没有"瞎折腾"这回事。很多离开大理的人又回到了城市生活中，但他们与一生都在城市里生活的人是不同的。

我的好朋友琪琪在准备离开大理回到深圳之前约我喝酒，我们喝到天昏地暗的那个晚上，她说："虽然我现在迫于某些压力必须要回去了，但是在大理的这五年是我的骄傲。我一生中，有过那么一次，不顾一切放弃了所有的东西，为自己，好好地，尽兴地活过这五年，这是最勇敢的事，我对得起生命。"

05

我在大理生活了七年，也该告一段落了。和七年前来到大理一样，没有什么特别的原因，就是我的人生该开启下一个主题了，但它不叫"离开"。很多定居于大理的人都不曾真正终结和它的关系，它是我的第二故乡，每年我都会回来，像是探望老友一样。

好像是一个轮回。我在北京也生活了七年，北京给了我很多，它让我看过所谓"外面的世界"，它的繁华发达，它的世俗功利，它的压力，我都体验过了。我并不想躲开真实的世界，去一个舒适的地方，我想，是什么我都应当经历它。我经历过了，这一段该毕业了，便自然而然地走入人生的下一个阶段。

后来的七年，我生活在大理，它给我带来了很多的改变，我爱上了运动，跑过七场全马，两次山地越野马拉松，去了十几座山峰徒步，在世界上二十多个地方露营，我喜欢上了做饭这件事，还学会了画画、做衣服包包。大理让我成为一个丰盈的人。除了沉重的意义，人生还应该有点别的什么。

七年，我又毕业了。

我的下一段课业，叫作"旅居"。

我是这样理解出游这件事：三天，叫作参观，十天，叫作旅游，一个月，叫作旅行，半年以上的叫作旅居。

我是一个贪婪的人。定居大理的时候我以为我对生活的所有诉求在这里都可以实现，后来发现我对更远的世界还有要求。在过去的旅行生活中，一个月，实现对于一种生活的理解，实在是太危险的想法；现在我已经不满足于一个月的旅行方式了，于是告别了过去的生活方式，开始了一个地方为期半年的旅居生活，开始另一段"七年"。

写给真真

我把你的骨灰埋在了你最喜欢的那盆花里，每次出远门，其他的花都死得差不多了，只有埋着你骨灰的那盆越来越茂盛，不知道是骨灰有生命，还是在天有灵的你迟迟不愿离开。在你离开的那天，我曾经设想过，我要用多长的时间抹平心里的创伤；走到这里，我好像已经忘记我要抹平创伤这件事了。但我还是常常想你，尤其在午夜，常常想要伸手抓你，习惯性地看看你的被子有没有被蹬开，想要摸摸你的头看你有没有发烧……当我意识到一切已不在的时候，我还是会陷入深深的思念中，但我也接受这样的情绪，并且明白，终此一生只有一种方法可以获得安宁，那便是好好地生活。

我在大理生活了七年，也该告一段落了。

真真

带着女儿的遗愿
去旅行

Zhen Zhen

第十五章

旅居

LV JU

不必告诉我什么样的神灵可以拯救人孤单的灵魂,也不必推销"万能钥匙",我不需要,我对幸福、舒适、没有痛苦只有快乐的人生并没有兴趣,岁月静好也挺好,经历苦难也可以,那种方便的、舒服的、不劳而获的生活,不能打动我。"没有问题"的人生,我一点也不屑于过,所以也不必告诉我哪种方法更便捷,我的生命,不需要便捷,经历所有我没有经历过的,经历所有遇到的事,不下任何定义,不探究所谓的意义,好好经历,是我人生所有的意义。

——纪慈恩

下一站：江南——我的又"七年"

我的又一个"七年"开始了。没有特意为自己的每一个阶段设定七年的期限，只是恰好每一次都正好七年。我完成人生的每一个课题，花费七年，七年已至，下一人生主题没有规律和征兆地就这样浮现出来。不去特意设计自己的人生，就这样顺其自然，走到了下一站。

过去的七年里，我常常游走在各个国家，但走了越远的路，就越对自己曾经定义过的事情感到惭愧。作为一个看客，怎么有资格定义什么？生命，本用来经历，为什么陷入定义他物的无知中？

于是我又起程了。我决定像一个婴儿看世界一般去旅行，不做任何评价和定义，学习做世界的学生。

01

我的第一站选择了江南。

对江南的印象还停留在李贺的诗句里:"江中绿雾起凉波,天上叠巘红嵯峨。水风浦云生老竹,渚暝蒲帆如一幅。"

小时候第一次读到描绘江南的诗句,以为那是诗人们天马行空想象出来的世界。这样的昼夜转换的景观实在与生活于城市之中见到的极为不匹。茄子不知道世界上有南瓜,便不相信它的存在。

云南之外,我第一个想钻进去一探究竟的便是江南。

提及江南,第一个想到的就是苏州。于是决定从苏州开始,探索江南。知道苏州已然是一座现代化都市,但不知所谓江南也已经是圈起来的景区。一座城市是否适合我,也无非是通过几个角度来判断:历史与文化是否还被传承,科技与现代化是否代替了原本的样子,居民是否有真的生活,学校是否真的在意教育,医院是否人满为患,底层的老百姓是否满意自己的生活……多年行走,每个地方都以此判断,大体是不会出错的。

我买了地图和城市、乡镇、村落的介绍书籍,计划一个个区域"排查",从住宿订房信息里去"调查"苏州的游客情况。临近五一,酒店价格与平日有着天壤之别,意味着这是一个旅游胜地。我用了一天的时间去观察此地著名景点的景象:游客熙熙攘攘,拍照打卡,甚至很少有人缓缓而行。这里自然不是我要停留的地方,但作为城市,它很出众,美术馆、咖啡馆、网红餐厅,都很成熟。

也好，在大理生活久了，我已经非常不熟悉城市了，也常常很怀念城市，隔几个月就会去城市待几天，回到科技社会，做一个现代人。那么就在苏州好好做一个现代人。

我在苏州停留了五天，每天睡到自然醒。我喜欢穿越小弄堂，在陈旧的弄堂里抚摸历史的痕迹，然后在工厂改造的文创园区里吃一顿 brunch（早午餐）。可能是工作日的缘故，餐厅只有我一个人，于是有时间坐在最佳位置，看外面雨滴答滴答地下着。我不喜欢下雨天，却喜欢雨落下来的声音。

"江南很潮湿吧？"

这是很多人对于江南的印象。

是的。

我在南美洲的时候有个朋友对我说，我绝对不会去那种地方，太热了。

对我来说，永远都没有"绝对不会"，我不愿终此一生生活在一个"完美世界"。江南很潮湿，可是这就是这里的特质，那我就好好体验潮湿的感觉是怎样的，或许最终我不适应，但是我想去感受。我的野心在于去体验世界万物的不同，并不是体验舒服快乐的感觉。

江南湿漉漉，起初我不适应，可是我也好想去经历它。我成长于北方，在云南独特的自然生态中生活过，我想到典型的南方去经历它原本的样子。

我以一场话剧结束我在苏州的旅行。我在一个城市留下的痕迹无非就是一场话剧或一场马拉松。

《没有告别的仪式》是在一个工业园区的小剧场开演。在一个雨后的傍晚，我特意穿了我喜欢的全绣片的袍子，涂上口红，喝了一份巧克力咖啡之后，关掉手机，沉浸于故事中。

十年了，当我奔走于各个城市，大体也就是这两件事，要么为了看剧，要么为了"跑马"。越野马拉松我永远都是最后几名，全马大概率跑一辈子也拿不了名次；不打算从事与戏剧有关的工作，对于戏剧的理解也比较愚笨，混迹乌镇戏剧节多年，每次都要预习原著许久，可就是深陷其中，不图什么，只是被治愈。

每一个城市，我回忆起来都带着温柔，那里有我热爱的事情和我深情的投入。

02

排除了苏州，开始寻找下一站。我在地图上寻觅着那个可以停留的地方，试着抓到一些"线索"。那个地方应当具备哪些条件呢？

首先，它一定不是一个著名的旅游城市。一个城市一旦"著名化",周边的一切大概率也被商业化。就像乌镇,其实是一个被翻新的仿古的镇子,它很美好,可这美好却不是我要追寻的。我想找寻的是那原本的样子,就算是陈旧的、老式的、破碎的,都好,我只是想走进它,不在意它是否美好。

其次,它需要与生活联结。我对自己是清楚的,人们所说的那种绝对纯净的地方,我是不喜欢的,水至清则无鱼,鱼都无法生存的河流,我能生存吗?就像我在西双版纳的寨子里时,那里的自然风光无可挑剔,可我无法无视生活的本质。我想旅居的地方需要有生活,有平凡日子里的一切,它应该是一个有书香气的地方。

最后,它可能是一个三线城市,没有被定义为旅游城市,旅游项目较少,或都是一些与文人、文化相关的地方,城市与村镇的比例不那么悬殊,政府对于文化保护的扶持力度比较大。

最终,我锁定了浙江绍兴。从书面资料看,它基本是符合的。

我坐高铁从苏州前往绍兴,踏上了寻觅之路的第二站。

绍兴给我的惊喜实在太大了。它完全符合我对江南的所有诉求。

绍兴与我去过的大部分有古城的城市都不同,例如大理,城市是城市,村落是村落,它们分得很明显,相隔也很遥远。但绍兴却是在古巷里绕着绕着就到了城市街道,穿过街道又进入了古老的弄堂,触摸没有被翻新的斑驳墙壁。

第一天到达绍兴，我入住了刘宗周故居改造的房子里，坐在窗边，看到的都是古老的房檐。我细数了我的旅行生活，意外地发现了我也不曾设计过的事情：

过去七年的旅行生活，我像一个挑选者，挑选自己最心仪的国家和城市，带着强烈的期待，想要让期待在现实中实现。我好似知道了很多，实则也只是站在外面，以为自己知道了。

此刻，我在挑选过的城市里，扎根于深邃之中，去细细地品味这个城市。我蹲在街头看行人的脚步传递了怎样的信息；我坐在弄堂边角上，听一辈子都住在河边的老人家讲我一句也听不懂的方言；我讲述给他人的内容里，说到这里发生了什么，不再提及我"以为"的内容。还早，还早。

我真正决定在此旅居是一个午后，我走了很远的路，毫无目的地在古巷里不停地穿梭，不知道走到了哪里。突然发现，迷路，只因有终点，如果没有目的地地行走，所有迷路的地方，都很迷人。我喜欢上了迷路的感觉，刚来绍兴的第一个月，每天都沉迷于迷路——在古巷里，在小河流水人家的边沿，一直走到无路可走，停下的时候，有一种无路也是路的感觉。

03

绍兴的房子很特别，大多是独门独户，客厅与卧室分离，生活需求明确。因为房檐很深，所以采光普遍不太好。我找到的房子在一个古老的弄堂里，独门独户，两层楼，在台门里。弄堂里分住着几户人家，像是大杂院，一人一门，邻里感很强，在城市，几乎见不到邻居；在大理，因为房子与房子间隔较远，也很少碰到邻居；在绍兴，很喜欢有邻居的感觉。

平日里，巷子边会有很多婆婆坐着古旧的竹椅子聊天、打毛衣、看路过的人，因为这里离名人故居很近，偶尔还是会有一些零星的游客，婆婆们也习惯了。

我到来之后，每天装修屋子，快递不停地进入，一副要在这里永久居住的样子。在巷子穿梭了两个月了，都还有人用一种看怪物的目光看我。和一个普通话还不错的婆婆聊天，她说，绍兴的外来人很少，房子都租不出去。也就明白了那些看怪物的目光。在绍兴的古巷里，很少见到生活在这里的年轻人，人们不明白我为什么会喜欢这样的地方，并愿意长久住在这里，于是产生各种遐想，还好他们不会说普通话，我们无法交流，那就慢慢遐想吧，在他们的世界里有一个他们所相信的说法，也不错。

生活在古巷里像是回到了过去，理发店还是老式的招牌，老式的理发椅子；每天叫醒我的是巷子里传出的评弹声和婆婆们的聊天声；还有耳朵不好的老爷爷的半导体传出的超大声音乐；我常常去当铺与古玩店看看，那些很久远的记忆……

绍兴是一个你需要走进去，慢慢沉浸的地方。

在历史上，尤其是晚清之后，绍兴出现了很多的文人与革命者，这也让我在这里的生活有了更多的内容——我追溯历史，去探究这里的文化。我钻进博物馆、书店，回收了很多泛黄的书籍，探访一辈子居住在这里的老人家，去追寻绍兴的秘密。

04

我为房子铺了 20 世纪 70 年代元素的墙画，老式的房子就应当有老式的样子。

收购了很多旧时代的物品：老旧的电视机、小霸王学习机、手摇电话机、杜飞的照相机……不因只住一年就草草凑合，一年放在一生中并不算微不足道，任何一年，都值得珍视。

这套房子更像是博物馆，里面存放着久远时代的印记，摆放着儿时生活的痕迹，存放着我所存有的已经离世的病人的遗物和他们的生命档案，以及我想要分享的种种。

这里或被长久保存，愿我寻觅的故事分享给后来者。

找到绍兴，并决定停留的时候我突然有了新的方向——或许我会以此为开始，不停地寻觅中国的原始村落与老镇。

旅居生活与日常的生活其实并无不同，人还是那个人，你原本如何生活，换一个地方，又怎会有天壤之别？

我每天或被穿过窗帘照耀进来的阳光叫醒，或被市井生活的熙攘声叫醒，躺在床上玩游戏是我的生活之一，生活处处都要有意义是会窒息的，躺着玩没有营养的游戏别提多美妙了，意义这件事有时也很讨厌，管他有什么意义，谁快乐谁知道。

我喜欢在早晨去买菜，喜欢那市井声，喜欢斤斤计较的人们，喜欢菜市场的叫卖声，都不够优雅，可生活就是这样。市井，优雅，意义，适量择取，妥善放置，是我理想的生活。

后来搬至临河的房子里，打开门便是流动的溪流，是典型的小桥流水人家，隔壁患老年痴呆的爷爷常常坐我旁边，放着红色歌曲，伴着指挥的动作，我关掉我的音乐，听着他的音乐，在门口煮一杯咖啡，看几个小时的书。有时会有路过的人，他们都会朝我的屋里望去，时不时感叹一句：这才是生活啊。

我把我的山地车——那辆陪我长途骑行了上千公里的车子寄到了绍兴，没有找到理想的跑步的地方，于是每天骑行至古巷里，城市中，小河边，像是生长在这里的本地女孩。有时会碰到放学的小朋友们，你追我打，在古巷里穿梭。我常常感叹：在这里长大的孩子应该会比学区房里的孩子快乐吧。

我常常到一家深藏在古镇里的复古书店里看书。这家书店很特别，在这里几乎看不到畅销书，每种书也只有一本，还有很多的泛黄的旧书。狠心买了价格不菲的 20 世纪 50 年代出版的《浮士德》，那陈旧的封面，有着那个年代特有的韵味，摆着看都满足。老板是一个 60 多岁的老头，他与这家书店融为一体。他很少说话，你问一句，他答一句，不多说一句；每天钻进书堆里看书，你问他书店以外的事，他都不知道。熟悉了以后，知道这栋房子是他家里传下来的，他改建成书店。书店有一个很有韵味的阁楼，阁楼上放的书都是有年代的，价格都不便宜。

两耳不闻窗外事，一心只读圣贤书的老头，在这个被誉为保存最完整的江南水乡里，守着很难再找到的旧时的书籍……这是我深深陶醉于此的理由之一。

05

这个时代像是自助餐厅，给了我们无限可能性，在没有战争、温饱解决、可以自由选择理想的时代，我不愿浪费机会。自助餐厅如何吃最划算？那自然是每一种菜都吃一遍。如果来到自助餐厅还只吃自家天天都有的白菜，那为什么还要来到自助餐厅？这个时代给了我选择多种生活的机会，如果我还像旧时代一样一辈子只过一种生活，总觉得有点浪费。

下一站去哪里？我也不知道。我的清单里有：住在西藏，完成西藏最好的骑行线路；寻找新疆的原始村落；在厦门渔村过捕鱼者的生活；在日本镰仓过平凡的生活；在墨西哥亡灵节去探寻土著人的生活；在秘鲁濒危野生动物救助中心工作……更多我没有经历过的人生，也带来更多的对于世界的理解。

一辈子爱一个人，过一种生活，需要太多的天赋，而我，生来就与此无缘。我总是渴望我经验之外的世界，不是喜新厌旧，只是心要我走向我所不知道的世界。

那就找到自己擅长的生活方式，以自己满意的方式在自己的生命里臣服于宇宙。

我在人间爱着天上的你，就像你也守候着我一样。

附录　写给真真的诗

（一）

我在人间爱着天上的你，就像你也守候着我一样。

那是一个冬天，

我以为会很寒冷，

因为在世界眼里，

冬天，意味着寒冷。

然而，并没有。

我以为未来的日子会很艰难，

在没有你的家里，

还存有你的气息，

你的作业本，

你的高考倒计时，
然而，并没有。

我以为我会恨，
恨命运的无情，
你那么努力地想要活下去，
我那么真诚地不亏欠任何人，
上苍还是没有给我多一点的恩惠，
然而，并没有。

这一年，
我带着你的骨灰，
去了撒哈拉，
去了摩洛哥，
去了埃及，
去了土耳其，
去了西藏，
去了色达，
去了稻城亚丁，
我试图找到答案，

然而，并没有。

我见到了真正的春天，
春天是——
我承认生命的局限与脆弱，
就像那柳风，就像那花儿，
它只在特定的时间出现，
不论你多么依恋或者厌恶，
它都要出现，
也都要离开，
你杀不死它，也留不住它。
你知道，
来年，它还会到来。
我知道你去了你该去的地方，
我放开双手，
去到我该去的地方，
于是，
我很努力地，
好好地活着。

我想你的时候，

我就好好地想你，

也许会泪流，

也许会难过，

也许会不如我以为的那样坚强，

但是我都允许它发生。

我悲伤的时候，

我就允许我悲伤，

22 岁成为你的妈妈，

30 岁送别你，

我有悲伤，

这理所当然，

于是我就尽情地悲伤，

泪水带我回到了你的故乡。

我不接受任何人给我的标签，

我没有打算成为任何人希望我成为的样子，

上苍，

我不祈祷，

我不拜祭,

我什么都不要,

你也不必眷顾我,

我做我认为对的事,

不是为了得到什么,

为了得到的付出,

我也不屑。

我开始画画、缝纫、学鼓,

我开始种花、种菜、养树,

我开始不介意别人的看法,

又不在一起过日子,

何必相互理解。

又一年冬天到来,

我却遇到了春天,

春天是——

你在天国,

我在人间,

我们依然没有分开,

我每天迎着朝霞晨起，

到院子里和放着你骨灰的你最喜欢的多肉植物聊聊天，

告诉你，

今天的妈妈又变得不一样了，

我完成了我答应你的最后一件事：

在没有你的世界里，

好好地活着，

活在每一个当下，

我认为我做得很好。

世界的规律，

我们都需要遵守，

春去花谢，

我们都无力抗衡，

那我们就都接受，

在不同的空间维度里，

我爱你，

并不会因为你的离开而终止。

过去是伟大的，

因为它造就了今天的你，

未来是谦卑的,

因为你正在走向它。

你是我最爱的,

因为要养育你,

才要成为让自己满意的人,

我是温暖的,

因为有你始终把我视为你的唯一,

你知道,

对于一个被抛弃过很多次的孩子来说,

相信,

意味着巨大的荣耀。

爱是什么?

我似乎从来都不关心这个问题,

是什么你都会去爱,

它才是爱。

如果爱有了条件,

你也不需要知道这个问题的答案了,

因为你还离得很远。

人生的意义究竟是什么？

我也并不关心，

是什么我都是这样，

为自己的选择负责，

做自己认为对的事，

过自己满意的生活，

人生的意义是什么都改变不了我是这样的，

那我何必去追寻它？

我似乎找到了答案，

答案就是：

真真，

我们彼此深爱过，

并且会一直深爱下去，

纵使隔了一个天与地的距离，

也并没有影响我们相互热爱，

你看，

撒哈拉的星空布满了无数的星星，

我并不想寻找哪一个是你，

因为我知道，

都是你。

你看，

你去到的世界有那么多的欢声笑语，

那是我，

在人间，

一直，没有放弃快乐。

（二）

我用懦弱的方式理解伤口，用柔软的方式获得坚强。

在你刚刚离开这个世界的时候，

所有人都说，

我是坚强的。

我平静地送走了你，

用了最健康的面对死亡的方式，

没有羁绊，

不曾纠缠，

在死亡面前保持了最有尊严的姿态。

只有我自己知道，

我是懦弱的。

我不敢承认心里的遗憾，

我要伴装无怨无悔，

不愿接受人性的瑕疵，

我无耻地将痛苦推给了命运，

但它们都像一个秘密藏在我自己都不容易察觉的世界里，

那个时候的我，

是懦弱的。

真正的懦弱，

是我不敢面对真实的自己，

真正的懦弱，

不是没有泪水，

也不是在意失去，

是——

不敢承认你不是你所以为的样子，

对我而言，

这是赤裸裸的懦弱。

我用了两年的时间，

漫长的两年，

去学会"认怂"，

去承认生命不可能没有遗憾，

去接受纵使有人因为恶意要置你于不仁不义，

那也是她的权利。

去心甘情愿地理解，

失去不是苦难，

它只是万物的自然规律，

如果你同意，

它可以有另外一个词：

变幻。

所有的失去只是以另一种形式存在。

我用了730天的岁月，

尊重失去，

尊重不是所有人都要善良，

尊重有人可以从伤害你获得快乐，

尊重这个世界自有善恶，

不必埋怨。

遇到了就感恩，

失去了就释怀。

两年后的今日,
我不再懦弱,
而只是柔软,
我承认生命必然会有遗憾,
遗憾让我更加认真地对待未来的生命。
我承认我就是有瑕疵和黑暗,
并不以此为耻,
也不与之为敌。

我承认伤口,
不以消除为目的地干预,
不以赶走为使命地对抗,
不用他人以为健康的方式疗愈。
我不想成为一种人——
学习死亡,不是为了面对死亡时不再有悲伤,
学习爱,不是为了有更多的技巧得到更多的爱。
如果我对死亡不再有情绪,
活着也就没有那么多的意义,

如果不断地索求爱而没有能力给予，
也无法留住爱。

我最亲爱的真真，
尽情地哭吧，
你的眼泪会告诉你你应该去往的地方。
勇敢地承认自己的柔弱吧，
柔弱也有它的力量，
就像坚强也有它的无能。
去爱吧，
不要介意失去，
不要害怕伤害，
要知道，
带着爱，
一切将如愿以偿。

如果说，
这世间真的有一种方式可以让分别在天国与人间的相爱的人相见，
我想，

途径只有一个，

就是爱。

不是那种等价回报的爱，

只是爱本身，

如果你有机会遇到爱本身，

或者，

就是她回到你身边的时候。

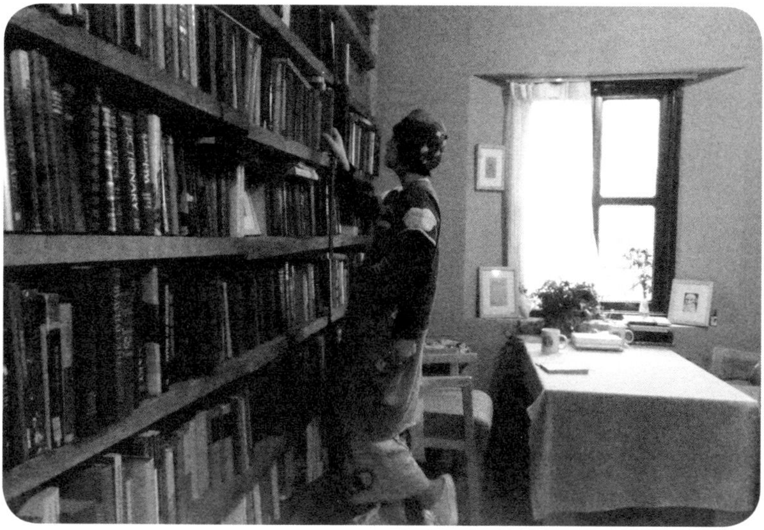

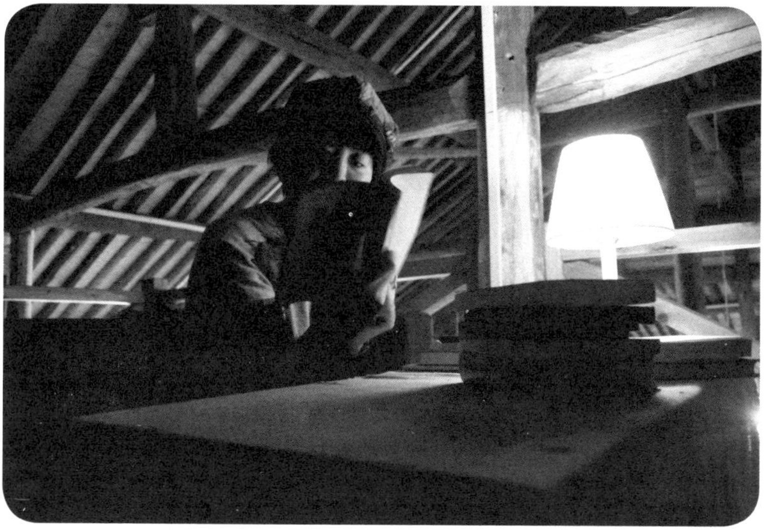

结尾　世界从未亏欠过我们

很多人说命运对我不公平。我很想在这本书的结尾,来认真地谈谈关于"公平"这件事。

你若问我觉得这个世界是否公平,我将毫无疑问地回答:当然是公平的。

曾经在上课的时候谈及公平,有学生说:"有些人就是幸运,被老天眷顾。"

我笑语:"你当老天傻,能被老天眷顾也是人家的本事。"

有人说我活得通透与洒脱,很羡慕。我问:"那你羡慕不羡慕中间所经历的痛苦呢?"

我们永远无法得知一个人要有多努力才看上去像是与生俱来地坚强。她没有告诉你中间经历了什么,是没有必要告诉你,因为没有人喜欢听别人的痛苦，大家喜欢的只是痛苦之后的智慧罢了。

在我看来，人有两种属性：社会人和世界人。

我们是被社会养育的，我们需要遵从社会的规则：长大成人、受教育、工作、娱乐、养老、福利……

但同时我们也是被世界养育的，社会也要遵从世界的规律、宇宙的变革，教育医疗是社会管辖的事，衰老与死亡是世界的管辖范围，它对所有生灵都是一样的，没有单独针对人类。

为社会做出至高无上贡献的人也得死，你喝了酒，熬了夜，都会被你的器官记录，不管你是为了什么，是为了消遣还是为了拯救人类，器官一视同仁，这是世界运作的规律，与人努不努力无关。

春夏秋冬，日出日落，树木生长与衰亡，世界就这样变幻着，有它的运作规律，不需要任何生灵同意。

这个世界的真相是什么？

我唯一确信的就是"我不知道"，直至我停止呼吸的那一刻，我想我知道的充其量是社会发生了什么。这个世界发生了什么？"不知道"，就是我给世界的答卷。

我承认人类的渺小，也承认我不知道，但是，不知道也有不知道的活法，我现在活得很坦然。

所以你说人生的意义是什么？

我能够回答的时候大概就是将死之日，当我的这一段人生完成了，我大概会有一个答案，而不是我事先知道一个意义，我奔着这个意义而去。

它像是什么呢？

小时候我们问"为什么要上学"，大人告诉你为了考上大学，找到稳定的工作，过幸福的生活。这是我们事先已知的意义，可它不是全部的意义。在离开学校几十年后，重新回顾"上学"这件事，我觉得学生时代是最纯粹与美好的岁月，我在学生时代学过的知识，如今没有实际性的用处，但为成绩奋斗过的岁月却是真的在我的生命痕迹里。这一切或许都与"稳定的工作"与"找到幸福"没有直接关系，但是经历过的岁月是真的。那份"真的"就是意义，远不是考上大学、学些知识那么单薄的意义。

现在你问我人生的意义，我无法回答，人生没有过完，我不知道。人生的意义对我来说是一段人生完成之后的总结陈词——我这样经历过，它给我带来过这样的意义，而不是把一个标杆称作意义，每个人都去寻找，找到了就是幸福美满，找不到就继续找。若必须要给人生加一个意义，我想便是去好好经历所发生的一切，除此之外，"意义"对我不具备任何意义。

所有你经历过的事情都是你的财产，如果你愿意，它大可以成为你的意义，与别人不同的意义。

社会倡导幸福与安逸，从社会的角度，苦难违背了"幸福"的原则，疾病与苦难自然就是不幸的，可是，如果以世界的角度，它只是一件事而已，没有任何属性，它变成什么样，取决于"你"。

我与苦难很多时候是利用关系。很多人说我的人生过于沉重，那我能把已经降临的事情给退回去吗？如果不能，就好好经历它。

在接受采访时，导演说好似不常听到我抱怨。

我说，抱怨能得到什么？除了让痛苦放大什么都得不到。可是面对和经历却可以，经历了痛苦总得获得点什么吧，不能什么都没有。而痛苦之后的精神财富就算是它还我的。是的，我利用了我的痛苦，让它变成精神财富继续服务于我的人生，不失为面对苦难最划算的事了。

你说公平不公平呢？

如果经历了苦难你什么都没得到，只有怨天尤人，觉得一切都是上苍的错，那就太不公平了。而苦难让我获得了什么呢？它让我及时行乐，我想做的事，"下个月"已经是拖得最久的了；它让我放过自己，更容易理解这世间所发生的一切；它让我在年轻的时候便明了没有委曲求全这件事，每个人都过好自己则天下太平……幸运不幸运取决于你如何把握手里的牌，如何支配它的去处。

我觉得我很幸运，在很年轻的时候，就明白自己要什么，活在自己满意的生活里，所有一切都是自己选择来的，承担也承担得坦坦荡荡，痛苦也痛苦得毫无怨言，是我觉得最有尊严的人生。

世界从不欠我们什么，想要的自己去努力。想要自由就接受它的风险，想要安定就接受它的一成不变，想要爱就成为有能力承载爱的人，想要美好先学会谅解黑暗，想要成为有智慧的人，就要承担智慧到来的方式可能有一万种，想要生活在一个温暖的世界，先去建立它才有资格享用它。

对于生命，我没什么要说的，人生不是探讨出来的，是经历出来的，是由"你"和脚下的路决定的。去好好经历生活所有的事情，前往美好的地方没有捷径。

真真的故事讲完了，愿她曾经慰藉过你，也愿你谅解你的不幸，愿我们都承担起对于"不幸"的责任，"不幸"会给我们想要的一切，但你要说清楚，你想要什么。

图书在版编目（CIP）数据

真真：带着女儿的遗愿去旅行 / 纪慈恩著. -- 武汉：长江文艺出版社，2023.10
ISBN 978-7-5702-3186-7

Ⅰ.①真… Ⅱ.①纪… Ⅲ.①散文集－中国－当代 Ⅳ.①I267

中国国家版本馆CIP数据核字(2023)第115121号

真真：带着女儿的遗愿去旅行
ZHENZHEN：DAIZHE NUER DE YIYUAN QU LUXING

| 责任编辑：孙 琳 | 责任校对：毛季慧 |
| 整体设计：壹诺设计 | 责任印制：邱 莉 杨 帆 |

出版： 长江出版传媒 长江文艺出版社
地址：武汉市雄楚大街268号　　邮编：430070
发行：长江文艺出版社
http://www.cjlap.com
印刷：湖北金港彩印有限公司

开本：880毫米×1240毫米　　1/32　　印张：8.875
版次：2023年10月第1版　　　2023年10月第1次印刷
字数：149千字

定价：48.00元

版权所有，盗版必究（举报电话：027—87679308　87679310）
（图书出现印装问题，本社负责调换）